Pamela Mandl

Sylvia Tesar



# Lasso Lesebuch

## Lesetraining mit Niko

www.oebv.at

Nikos Steckbrief S. 4

## ABC des Lesens
Über das Thema nachdenken S. 5
Wichtiges unterstreichen S. 6
Fragen stellen S. 7
Einen Text vortragen S. 8

## Miteinander
Witze-Puzzle S. 9
Reimwörter S. 10
Mondkraterkuchen S. 11
Gordischer Knoten S. 12
Wörter mit Gefühl S. 13

## Tierisches
Tierische Zungenbrecher S. 14
Aus zwei mach eins! S. 15
Ein Frosch war nicht immer ein Frosch S. 16
Die schnellsten Landtiere S. 17
Maulwurfexpertinnen und -experten gesucht! S. 18
Warum sich Raben streiten S. 19

## Mitternacht
Molly im Vampir-Internat S. 20
Gespensterbeschwörungsformel S. 21
Schlotterine von Unkenstein S. 22
Geheimschrift S. 23
Gruselwörter im Geisterschloss S. 24
Die kleine Hexe Nudelzopf S. 25

## Bei uns und anderswo
Mamas neuer Freund S. 26
Kinder dieser Welt S. 27
Stadt, Land S. 28
Liebe Tante ... S. 29
Das Nachrichtenband S. 30

## Was der Winter bringt
Halbe Sachen S. 31
Bratapfel-Rezept S. 32
Die Geschichte vom beschenkten Nikolaus S. 33
Spatzen im Winter S. 34
Es schneit S. 35
Mein Weihnachtsfest mit einer großen Familie S. 36
Was ich von meinen Tanten zum Geburtstag bekam S. 37

## Märchen und Sagen
Die Bremer Stadtmusikanten S. 38
Prinzessin Kunigunde S. 39
Der Rattenfänger von Korneuburg S. 40
Der Wassermann S. 41
(K)ein Märchen S. 42

## Wie ich mich fühle
So fühle ich mich wohl S. 43
Woher kommt die Liebe? S. 44–45
Der Sprung S. 46
Träume S. 47
Warum Marie nicht gerne baden geht S. 48

## Ritter und Drachen

Die Sprache der Ritter S. 49
So wurde man Ritter S. 50
Mädchen im Mittelalter S. 51
Ritterlich S. 52
Der geheimnisvolle Maulwurfstollen S. 53
Steckbrief eines Drachen S. 54

## Erfinden und erforschen

Der Findeboy S. 55
Bekannte Erfinder und Erfinderinnen S. 56
Lise Meitner S. 57
Vollautomatisch! S. 58
Auf dem Patentamt S. 59
Der Traum vom Fliegen S. 60

## Wie die Zeit vergeht

Die Zeit S. 61
Zeitzonen S. 62
Zeit-Wörter S. 63
Theodor trödelt S. 64
Zeitreise-Maschine S. 65
Kreuzworträtsel: Die Zeit S. 66

## Medien

Kreuz und quer durchs Internet S. 67
Das Internet ... S. 68
... informiert S. 69
Immer on – immer mit Werbung S. 70
Die Comic-Maus S. 71
Ein gutes Buch S. 72

## Krimizeit

Lupenwörter S. 73
Detektive aufgepasst! S. 74
Fingerabdrücke S. 75
Knifflige Kriminalfälle S. 76
Auf Spurensuche S. 77

## Endlich Sommer

Reisewörter S. 78
Bauernregeln S. 79
Jetzt sind bald Ferien S. 80
Wolkenbilder S. 81
Das Gewitter S. 82
Über den Wolken S. 83

Lexikon für Lesedetektive S. 84–87

Mein Bücherregal S. 88

## Zeichenerklärung

- Schreibe.
- Male.
- Male an.
- Kreuze an.
- Verbinde.
- Unterstreiche.
- Kreise ein.
- Streiche durch.
- ● Versuche auch diese Zeilen zu lesen.

## *Nikos Steckbrief*

Kennst du Niko schon?

Hallo, ich bin Niko!
Obwohl ich 85 Drachenjahre alt bin, bin ich ein Drachenkind.
Mein Körper ist grün mit gelben Punkten, nur mein Bauch und meine Schnauze sind gelb. Besonders schön finde ich meine blauen Augen und meine braunen Krallen. Ich habe ziemlich große Füße, Schuhgröße 63.
Wenn ich glücklich bin, spucke ich rotes Feuer, das weit und breit zu sehen ist. Aus diesem Grund ist meine Lieblingsfarbe auch Feuerrot.
Ich fresse für mein Leben gerne Bücher und Schneckenschleim. Davon kann ich gar nicht genug bekommen. Bevor ich die Bücher fresse, lese ich sie aber. Dazu setze ich mich in die Drachenhöhle oder ich suche mir einen bequemen Platz auf dem Vulkan. Auch in der Drachenschule lesen wir und lernen Feuer speien.

Male Niko so an, wie er sich beschreibt.

## Über das Thema nachdenken

1 Was weißt du schon alles über Flaggen?
Schreibe Stichwörter auf und lies dann im Text nach.

______________________________________________

______________________________________________

______________________________________________

______________________________________________

**Flaggen**

*Hat jedes Land eine eigene Flagge?*
Ja, jedes Land hat eine eigene Flagge. Mit der Nationalflagge drückt ein Land aus, dass es sich von anderen Ländern unterscheidet. Denn jedes Land hat ja auch seine eigene Geschichte, seine eigene Sprache, seine eigene Musik. Die Farben der Landesflaggen nennt man auch Nationalfarben.

*Seit wann gibt es Flaggen?*
Dazu musst du wissen, dass schon die Ritter im Kampf und bei Turnieren an ihrem Schutzschild ein Erkennungszeichen trugen: ein Wappen. So konnte man sie auch aus der Ferne erkennen. Klöster, Städte und Handwerker übernahmen solche Erkennungszeichen. Aus den Wappen entstanden später die Flaggen.

*Wozu braucht man überhaupt Flaggen?*
An der Flagge erkennt die ganze Welt, um welches Land es sich handelt. Darum sind bei großen Sportereignissen wie den Olympischen Spielen alle Sportlerinnen und Sportler mit der Flagge ihres Landes geschmückt. An Staatsfeiertagen weht an öffentlichen Gebäuden die Nationalflagge.

● Bei besonderen Trauerfällen wird Halbmast beflaggt. Dann weht die Flagge auf halber Höhe des Mastes. Auch Schiffe müssen Flagge zeigen, damit man erkennt, aus welchem Land sie stammen.

Ingrid Peia

## Wichtiges unterstreichen

1 Lies die Texte und unterstreiche die wichtigsten Wörter oder Wortgruppen.

**Magnet**: Ein Magnet zieht Dinge aus Eisen, Kobalt und Nickel an. Um Magnete herum entsteht ein Magnetfeld. Das ist der Bereich der magnetischen Wirkung.
Alle Magnete haben zwei Pole: Nordpol und Südpol. An den Polen ist die magnetische Wirkung am stärksten. Gleiche Pole stoßen einander ab, unterschiedliche Pole ziehen einander an.
Auch die Erde wirkt wie ein Riesenmagnet. Deshalb wird die Südspitze eines Kompasses zum Nordpol der Erde hin ausgerichtet.

- Es gibt auch Elektromagnete. Man verwendet sie im Schrottkran. Elektromagnete kann man abschalten.

**Kompass** heißt ein Gerät zur Bestimmung der Himmelsrichtungen. Der Magnetkompass nutzt den Erdmagnetismus. Die ganze Erdkugel wirkt durch ihren inneren Aufbau wie ein riesiger Magnet mit Nordpol und Südpol. Danach richtet sich die Kompassnadel aus und zeigt stets nach Norden. Eine andere magnetische Eisenmasse oder eine Stromleitung in der Nähe kann aber dabei stören.

- Der komplizierte Kreiselkompass nutzt die Drehung der Erde zur Bestimmung von Himmelsrichtungen.

Herta Beuschel-Menze u. a.

## Fragen stellen

1 Lies diesen Text und beantworte die Fragen.

**Die zwei Frösche**

Einmal, in der Sommerhitze, trocknete ein Tümpel aus, in dem zwei Frösche lebten. Als alles Wasser verdunstet war, verließen sie den Tümpel und wanderten fort. So weit sie auch gingen, sie fanden keinen Bach, keinen Teich. Schon halb verdurstet kamen sie zu einem Bauernhof und entdeckten in der Speisekammer eine große Schüssel, voll mit süßer, fetter Milch.

Die Frösche konnten ihr Glück kaum fassen, sie hüpften in die Schüssel, tranken und ließen es sich schmecken. Als ihr Durst gestillt war und sie herausspringen wollten, fanden sie keinen Halt an der glatten Schüsselwand und rutschten immer wieder in die Milch zurück.

Viele Stunden mühten sie sich vergeblich ab. Schließlich waren sie so erschöpft, dass sie ihre Beine kaum noch bewegen konnten.

„Was hilft es, wenn wir uns plagen", sagte der eine Frosch. „Ich geb's auf!"

Er ließ sich zu Boden sinken und ertrank.

Der zweite Frosch wollte nicht aufgeben und kämpfte weiter. Es wurde dunkel, die Nacht kam. Noch immer strampelte der Frosch in der Milchschüssel. Als er schon meinte sterben zu müssen, spürte er unter seinen Beinen etwas Festes. Aus dem Rahm waren dicke Butterbrocken geworden. Der Frosch stieß sich mit letzter Kraft ab, schnellte hoch, sprang aus der Schüssel und war gerettet.

Wer nicht aufgibt, auch wenn alles hoffnungslos zu sein scheint, der wird dafür belohnt.

Käthe Recheis (nach Aesop)

Warum verließen die beiden Frösche ihren Tümpel?

______________________________________________

Was entdeckten die Frösche in der Speisekammer?

______________________________________________

2 Stelle nun eigene Fragen, um herauszufinden, ob du den Text gut verstanden hast.

4

## Einen Text vortragen

**1** Bereite den folgenden Text für einen Vortrag vor. Die Wörter rechts sagen dir, wie du die jeweiligen Abschnitte lesen sollst. Der rote Strich bedeutet, dass du eine kurze Pause machen sollst.

### Mitternacht und Gitterfenster

<table>
<tr><td>Etwas flatterte über ihm durch die Luft. Er machte einen Schritt vor, noch einen |</td><td>zögerlich</td></tr>
<tr><td>– und seine Hand umfasste die kalte, rostige Stange einer Gittertür. Und dann | – dann geschah es. |</td><td>langsam, leise</td></tr>
<tr><td>Mit einem Mal begannen die hohen spitzen Schreie, die er schon so oft von seinem Fenster aus gehört hatte. Er hatte sie sich also nicht eingebildet. | Dort, vor ihm im Dunkel des Dachbodens, war jemand, der schrie. Immer wieder, kurz und schrill. |</td><td>lauter und schneller werden</td></tr>
<tr><td>Paul ließ panisch das Gitter los und griff nach rechts, | dorthin, wo er hergekommen war und wo Frederick noch stehen musste. Aber Frederick war nicht dort. | Wo war er? | Was war mit ihm geschehen?</td><td>atemlos, ein wenig panisch</td></tr>
<tr><td>Der Schlüssel in Pauls Tasche schien hämisch zu sagen: „Schließ doch endlich die Tür auf. Na! Was ist?“ |</td><td>hämisch, mit Schadenfreude</td></tr>
<tr><td>Doch Paul konnte sich nicht bewegen. Seine Beine weigerten sich standhaft, ihn von der Stelle zu bewegen. | Jetzt kamen die Schreie auch noch näher! Ein kühler Lufthauch streifte ihn. | Jemand schluchzte direkt neben seinem linken Ohr hysterisch auf, und eine feuchte Wange streifte seine. |</td><td>leise, ängstlich</td></tr>
<tr><td>Das war zu viel. | Paul kreischte. Laut und gellend. |</td><td>laut, schrill</td></tr>
<tr><td>Plötzlich war da ein Lichtstrahl und er musste die Augen schließen. | „Paul?“, hörte er Fredericks Stimme. |</td><td>leise, wispernd</td></tr>
<tr><td>Vorsichtig öffnete er die Augen wieder. „Ach, du bist es“, sagte er erleichtert. |</td><td>erleichtert</td></tr>
<tr><td>„Hast du geschluchzt?“ Beschämt nickte Frederick. | Etwas flatterte durch den Lichtkegel der Lampe. „Das ist eine Fledermaus!“, stellte Paul fest.</td><td>überrascht</td></tr>
</table>

Antonia Michaelis

# Witze-Puzzle

1 Kannst du die Witze zusammensetzen?
Verbinde die richtigen Puzzle-Teile.

Die Lehrerin: „Warum kommst du schon wieder zu spät?" Paul: „Ich bin mit dem Fahrrad gekommen."

Meint eine Schülerin: „Keine Gefahr, der ist satt." „Woher willst du das wissen?" „Unsere Klassenlehrerin fehlt!"

Der Lehrer will wissen: „Schreibt man Eifersucht mit *f* oder *v*?" „Das kommt darauf an", meint Lukas.

Lehrerin: „Na und? Das ist doch kein Grund!" Paul: „Doch, da war ein Schild: Achtung, Schule! Bitte langsam fahren!"

Im Tiergarten sagt der Wärter zu den Schulkindern: „Geht nicht zu nah an das Tigergehege ran."

„Wieso das denn?" „Tja, heißt es: Mich plagt die Eifersucht, schreibt man das Wort mit *f*. Heißt es aber: Ich habe das Ei versucht, dann mit *v*."

2 Welcher Witz gefällt dir am besten?
Male die zwei Puzzle-Teile in deiner Lieblingsfarbe an.

3 Lies deinen Lieblingswitz deiner Freundin oder deinem Freund vor.

LE ▶ 1, 2.1, 2.2, 3.6, 4.3, 5.1
▶ Lesebuch, Seite 8

## Reimwörter

1 Welche drei Wörter reimen sich? Kreise sie ein.

Straßenbahn Löwenzahn Gießkanne Tiger Geisterbahn fahren

wollen spielen schwimmen angeschwollen sollen trocken

Neffe nicht Sachunterricht Lampe Licht Biene Wiese

● vier Vogel vor verlor Wort Wagen wo wie Tür Tor

● verschlafen vorlaufen bestrafen vorlesen trafen entdecken

2 Erfinde eine Ausrede fürs Zuspätkommen mit den Reimwörtern **Schulhaus** und **Maus**.

________________________________________

________________________________________

________________________________________

________________________________________

3 Zeichne deine Ausrede hier auf.

4 Was antwortet der Lehrer oder die Lehrerin darauf?

# Mondkraterkuchen

**1** Kreuze an, was passt, und finde das Lösungswort.

Bert ist aus dem Dorf
(L) in ein anderes Dorf (M) in die Stadt
(U) in ein anderes Land gezogen.

Bert vermisst seine Freunde, das macht ihn
(S) fröhlich. (P) grantig. (O) traurig.

Seine Mutter bäckt für ihn
(Z) eine Sachertorte. (N) einen Gugelhupf. (F) einen Apfelstrudel.

Der Kuchen erinnert Bert an
(B) einen Springbrunnen. (D) einen Mondkrater. (T) ein Waschbecken.

Mama schlägt vor, die Kinder aus dem 3. Stock
(K) zum Kuchenessen (R) zum Lesen (Y) zum Fernsehen
einzuladen.

Bei dem Gedanken, die Kinder aus dem 3. Stock einzuladen, fühlt Bert sich
(R) ängstlich. (K) müde. (A) traurig.

Bert geht (E) allein (J) mit seiner Katze (A) mit seiner Mutter
zu der Wohnung im 3. Stock.

Ein Mädchen und ein Bub öffnen ihm die Tür und
(M) schließen sie gleich wieder. (T) begrüßen ihn. (H) lachen ihn aus.

Die Kinder zeigen ihm
(N) ihre Katze. (A) ihren Hund. (E) ihr Meerschweinchen.

Gemeinsam (R) hüpfen (I) schleichen (T) rollen
sie in Berts Wohnung, wo schon der Mondkraterkuchen auf sie wartet.

Lösungswort: | | | | | | | | | |

# Gordischer Knoten

1 In der Spielanleitung findet sich in jedem Satz ein Wort zu viel. Streiche es durch.

**Spielanleitung**

Stellt euch in einem Kreis auf und streckt eure Füße Hände in die Kreismitte. Fasst dort zwei drei beliebige Hände von anderen Kindern an. Versucht nun, den entstandenen Knoten zu lösen, ohne die Hände aufzugeben loszulassen. Dazu könnt ihr unten durchkriechen, tanzen, darüberklettern, euch drehen …
Aber seid nicht traurig, wenn es nicht klappt, es gibt auch freche unlösbare Knoten!

2 Schreibe den Text richtig ab.

3 Spielt nun das Spiel. Viel Spaß beim gemeinsamen Lösen des gordischen Knotens.

# Wörter mit Gefühl

**1** Wie fühlen sich die Wörter **traurig**, **fröhlich**, **lustig**, **gemein**, **lieb** und **müde** an? Schreibe sie auch so auf.

TRAURIG

**2** Ziehe die Linien nach und finde die passenden Wörter. Schreibe die Buchstaben in die Kästchen.

Bei den Rätselwörtern handelt es sich um ______________________.

| | | | |
|---|---|---|---|
| r | b | a | v |

| | | | | | | |
|---|---|---|---|---|---|---|
| l | h | e | b | t | f | a |

| | | | | | |
|---|---|---|---|---|---|
| r | t | s | n | g | e |

| | | | | | |
|---|---|---|---|---|---|
| e | n | v | r | g | i |

# Tierische Zungenbrecher

**1** Würfle und lies die Zungenbrecher

⚀ so schnell … ⚁ so langsam … ⚂ so lustig …
⚃ so laut … ⚄ so ängstlich … ⚅ so traurig …

du kannst vor.

*Frosch Ferdinand fischt flotte Fische für Fröschin Fridola.*

*Krokodil Kroko knabbert knusprige Knochenkekse.*

*Zwanzig zickige Ziegen zwicken Zipfelzwerge.*

*Wurm Willi will wissen, wo Walross Walter wohnt.*

*Quirlige Quallen quatschen quirlige Quatschgeschichten.*

*Hundert hungrige Hühner humpeln hinter Hamstern her.*

**2** Erfinde auch einen Zungenbrecher mit gleichen Anfangsbuchstaben.
Schreibe ihn auf und male ein Bild dazu.



LE ▶ 1.1, 2.1, 2.3, 5.1, 6.1

▶ Lesebuch, Seite 16

# Aus zwei mach eins!

**1** Hättest du gern ein Kabra als Haustier? Oder einen Katgel?
Schreibe und zeichne.

*Kamel* + *Zebra* = *Kabra*

*Katze* + *Vogel* = *Katgel*

*Löwe* + ______________ = ______________

● ______________ + ______________ = ______________

# Ein Frosch war nicht immer ein Frosch

**1** Was stimmt? Verbinde die passenden Satzteile.

*Frösche legen ihre Eier*

- *im Frühling.*
- *im Sommer.*
- *im Herbst.*

*Aus den Eiern schlüpfen*

- *Kaulpappen.*
- *Kaulappen.*
- *Kaulquappen.*

*Kaulquappen bekommen*

- *zuerst Vorderbeine.*
- *zuerst Hinterbeine.*
- *gleichzeitig Vorder- und Hinterbeine.*

*Kaulquappen ernähren sich*

- *von Fischen.*
- *von Insekten.*
- *von Pflanzen.*

**2** ● Schreibe für deine Nachbarin oder deinen Nachbarn noch ein Beispiel auf.

# Die schnellsten Landtiere

1 Ordne folgende Landtiere nach ihrer Geschwindigkeit.
Nummeriere von 1 bis 6. Beginne mit dem schnellsten Tier.

| | | |
|---|---|---|
| ☐ Zebra | ☐ Windhund | ☐ Strauß |
| ☐ Eisbär | ☐ Gepard | ☐ Nashorn |

2 Wer ist schneller: der Strauß oder der Löwe?

_______________________________________________

3 Wo bewegt sich der Eisbär schneller fort: im Wasser oder an Land?

_______________________________________________

4 Zeichne.

Ein Gepard läuft durch die Savanne. Im Fluss schwimmt ein Flusspferd.
Zwei Zebras stehen neben dem Fluss und trinken Wasser.
Auf dem Kopf des Flusspferdes sitzt ein blauer Vogel.
Der Gepard verfolgt ein/eine/einen …

# Maulwurfexpertinnen und -experten gesucht!

1 Kannst du diese Fragen beantworten?

Wo lebt der Maulwurf?

______________________________

Warum ist er oft unbeliebt?

______________________________

Was frisst der Maulwurf?

______________________________

● Wie erkennt er, wenn Gefahr droht?

______________________________

2 Findest du den Weg? Welches Tier verwendet diesen Gang?

Lösungswort: ______________________



LE ▶ 2.1, 2.2, 3.1, 3.2, 3.7, 4.1

▶ Lesebuch, Seite 20, 21

# Warum sich Raben streiten

1 Was könnte der zweite Rabe antworten?
Schreibe in die Sprechblase.

Das ist mein Wurm!
Ich habe ihn zuerst gesehen!
Gib ihn wieder her!

2 Wie oft findest du das Wort Rabe? Kreise ein.

RabeRübeRabeRabeReibeRabeRabeRadKabelRabeRabe

RieseRabeReisRübeRatteRabeRadRabeRadieschenRabe

RitterRabeRollerRabeRabeRatteRübeRabeRastRabeRest

Anzahl: ___________

# Molly im Vampir-Internat

**1** Vervollständige die Sätze.
Dann trage die Lösungen in Großbuchstaben in das Gitterrätsel ein.

1. Molly ist Schülerin im Vampir- ______________________.
2. Frau Dr. vom Hochmoor unterrichtet das Fach ______________________.
3. Molly bemüht sich ______________________ zu sein.
4. Die Lehrerin erzählt zum Beispiel, wie die ______________________ lange Zeit versuchten, die Vampire zu vernichten.
5. Die Lehrerin schaut Molly mit spitzem ______________________ und noch spitzeren Fangzähnen an.
6. Gott sei Dank ist alles nochmal gut gegangen. Molly atmet

______________________ aus.

Das Lösungswort lautet: ______________________

# Gespensterbeschwörungsformel

1 Dichte weiter.

*Spinnenbein*
*und Krötensaft!*

*Hexen* ______________

*und Drachen* ______________!

*Zauberspruch*
*und Fliegenzwirn!*

______________

______________ ______________!

*Wüstes Zauberallerlei!*
*Kommt Gespenster –*

*kommt* ______________!

2 Erfinde eine Gespenstervertreibungsformel.

# Schlotterine von Unkenstein

**1** Kreise ein, was zur Geschichte „Schlotterine von Unkenstein“ passt.

(1) Schlotterine, die schlotternde Geister-Dame, ist berühmt.
2 Sie wohnt auf Schloss Krötenstein.
3 Schlotterine hat Kummer, denn sie kann nicht mehr richtig schlottern.
4 Sie versucht alles.
5 Sie steckt sich Pudding ins Kleid, aber nichts passiert.
6 Ritter Rauhaar bläst auf dem Kamm.
7 Schlotterine bekommt davon immer einen Lachkrampf.
8 Diesmal hilft es nicht.

9 Sie klettert auf den höchsten Turm des Schlosses und schaut in die Wolken.
10 Doch es kitzelt nur ein bisschen im Bauch, schlottern kann sie nicht.
11 Sie ist ganz mutlos.
12 Ritter Rauhaar weiß, was Schlotterine fehlt.
13 Er sagt: „Du solltest ein Buch lesen!“
14 Schlotterine reist nach Italien.
15 Sie erholt sich prächtig und ist wieder ausgeruht.
16 Jetzt kann sie wieder unbeschwert rülpsen.

**2** Schreibe nun die eingekreisten Zahlen in die Kästchen und zähle sie zusammen.

☐ + ☐ + ☐ + ☐ + ☐ + ☐ + ☐ + ☐ + ☐ + ☐ = 84



LE ▶ 2.1, 2.2, 3.1, 3.2, 3.6, 3.7, 4.1
▶ Lesebuch, Seite 27

# Geheimschrift

| A | B | C | D | E | F | G | H | I | J | K | L | M |
|---|---|---|---|---|---|---|---|---|---|---|---|---|
| 1 | 2 | 3 | 4 | 5 | 6 | 7 | 8 | 9 | 10 | 11 | 12 | 13 |
| N | O | P | Q | R | S | T | U | V | W | X | Y | Z |
| 14 | 15 | 16 | 17 | 18 | 19 | 20 | 21 | 22 | 23 | 24 | 25 | 26 |

1 Kannst du die Wörter lesen? Schreibe sie auf.
Achte dabei auf die Groß- und Kleinschreibung.

| | | | | | | | |
|---|---|---|---|---|---|---|---|
| | | | | | | | |
| 6 | 12 | 1 | 20 | 20 | 5 | 18 | 14 |

______________________

| | | | | |
|---|---|---|---|---|
| | | | | |
| 1 | 14 | 7 | 19 | 20 |

______________________

| | | | | | | |
|---|---|---|---|---|---|---|
| | | | | | | |
| 19 | 3 | 8 | 18 | 5 | 9 | 5 |

______________________

2 ● Kannst du auch diesen Satz lesen? Schreibe ihn auf.

| | | | | | | | | | | |
|---|---|---|---|---|---|---|---|---|---|---|
| | | | | | | | | | | |
| 6 | 12 | 5 | 4 | 5 | 18 | 13 | ï | 21 | 19 | 5 |

| | | | |
|---|---|---|---|
| | | | |
| 19 | 9 | 14 | 4 |

| | | | | | | | | |
|---|---|---|---|---|---|---|---|---|
| | | | | | | | | |
| 6 | 12 | 9 | 5 | 7 | 5 | 14 | 4 | 5 |

| | | | | | | | | | |
|---|---|---|---|---|---|---|---|---|---|
| | | | | | | | | | |
| 19 | ï | 21 | 7 | 5 | 20 | 9 | 5 | 18 | 5 |

______________________________________________

______________________________________________

# Gruselwörter im Geisterschloss

1 Kannst Du alle Wörter lesen? Schreibe sie noch einmal auf.

# Die kleine Hexe Nudelzopf

**1** Zeichne zu folgenden Textabschnitten der Geschichte jeweils ein Bild, das so genau wie möglich den Text beschreibt.

In der Nacht klettern Ed und Fred in den Zaubergarten. Dort tanzen sie wild durch die Beete und trampeln die zarten Blumen nieder. Sie reißen alle Kräuter und Blumen aus und mampfen gierig die seltsamen bunten Gräser.
Die schmecken besonders fein!

Als Ed und Fred am nächsten Morgen aufwachen, sehen beide ganz verändert aus. Fred reibt sich traurig seinen dicken Kürbiskopf.
Was für eine Bescherung!
Und was ist mit Ed? Ed schielt auf seine lange Karottennase. Das süße bunte Gras war wohl ein Zauberkraut …

- Die kleine Hexe holt den Zauberstab und spricht: „Simsalabim! Simsalabase! Kürbiskopf, Karottennase! Verschwindet, wenn ich dreimal blase!“ Doch was ist denn jetzt passiert? Die kleine Hexe Nudelzopf ist wohl außer Übung. Ed und Fred sehen nur noch sonderbarer aus! „Hm, hm, hm!“, murmelt die kleine Hexe. „Tut mir echt leid!“

Friederike Wagner

# Mamas neuer Freund

1 Welche Wörter passen zur Geschichte? Male sie bunt an.

Blumen | Rudi | Eishockey | Oma
geputzt
Karli | Schach | getrennt
Lieblingsbecher
Mama | verheiratet | Kino
Theater | anziehen
Gemüse | Werner | Fußball
schmutzig
spielen | verkleiden

2 Zeichne ein Bild von deiner Familie und schreibe Wörter, die zu euch passen, in den Bilderrahmen.

# Kinder dieser Welt

**1** Bringe die Buchstaben dieser Länder in die richtige Reihenfolge und schreibe sie auf.

s Ö i c e h r r e t

i t e a I n l

p n a J a

---

M r o k o k a

o P n e l

i n n I d e

---

● s r n B a l i i e

i o k M e x

R a u n s d s l

---

**2** Aus welchen Ländern kommen deine Mitschülerinnen und Mitschüler?

---

---

## Stadt, Land

**1** Länderrätsel

Das Land liegt in Europa und eines seiner Nachbarländer ist Ungarn. In dem gesuchten Land gibt es viele Berge, Seen, Wälder, Felder, Wiesen, Städte und Dörfer. Alle Kinder besuchen ab dem sechsten Lebensjahr die Schule und lernen lesen, schreiben, rechnen und viele andere interessante Sachen. Die Fahne dieses Landes ist rot-weiß-rot.

Welches Land ist gemeint? ____________________

**2** Zeichne ein Bild von diesem Land.

**3** Was spielst du gerne? Hast du ein Lieblingsspiel? Beschreibe es.

______________________________________________

______________________________________________

______________________________________________

______________________________________________

# Liebe Tante …

1. Lies dir die Geschichte „Nuris Brief aus Deutschland“ aufmerksam durch und beantworte folgende Fragen.

   1. In welchem Land ist Nuri mit ihren Eltern vor kurzem angekommen?

      ______________________

   2. Wem schreibt Nuri Briefe? ______________________

   3. Wohin schickt sie die Briefe? ______________________

   4. Warum versteht Nuri alles in der neuen Sprache?

      ______________________________________________

      ______________________________________________

   ● 5. Warum ist Nuri mit ihren Eltern geflüchtet?

      ______________________________________________

   ● 6. Was wollen Nuris Eltern in dem neuen Land machen?

      ______________________________________________

2. Wie könnte der Geschichtenteppich aussehen? Male ihn an.
   Was würde er zu Nuri sagen?

▶ Lesebuch, Seite 37

# Das Nachrichtenband

1 Welche Gegenstände verschicken die Kinder des Hochhauses mit Hilfe des Nachrichtenbands? Schreibe die Wörter auf die Kärtchen.

2 Welchen Gegenstand würdest du schicken? Schreibe ihn dazu.

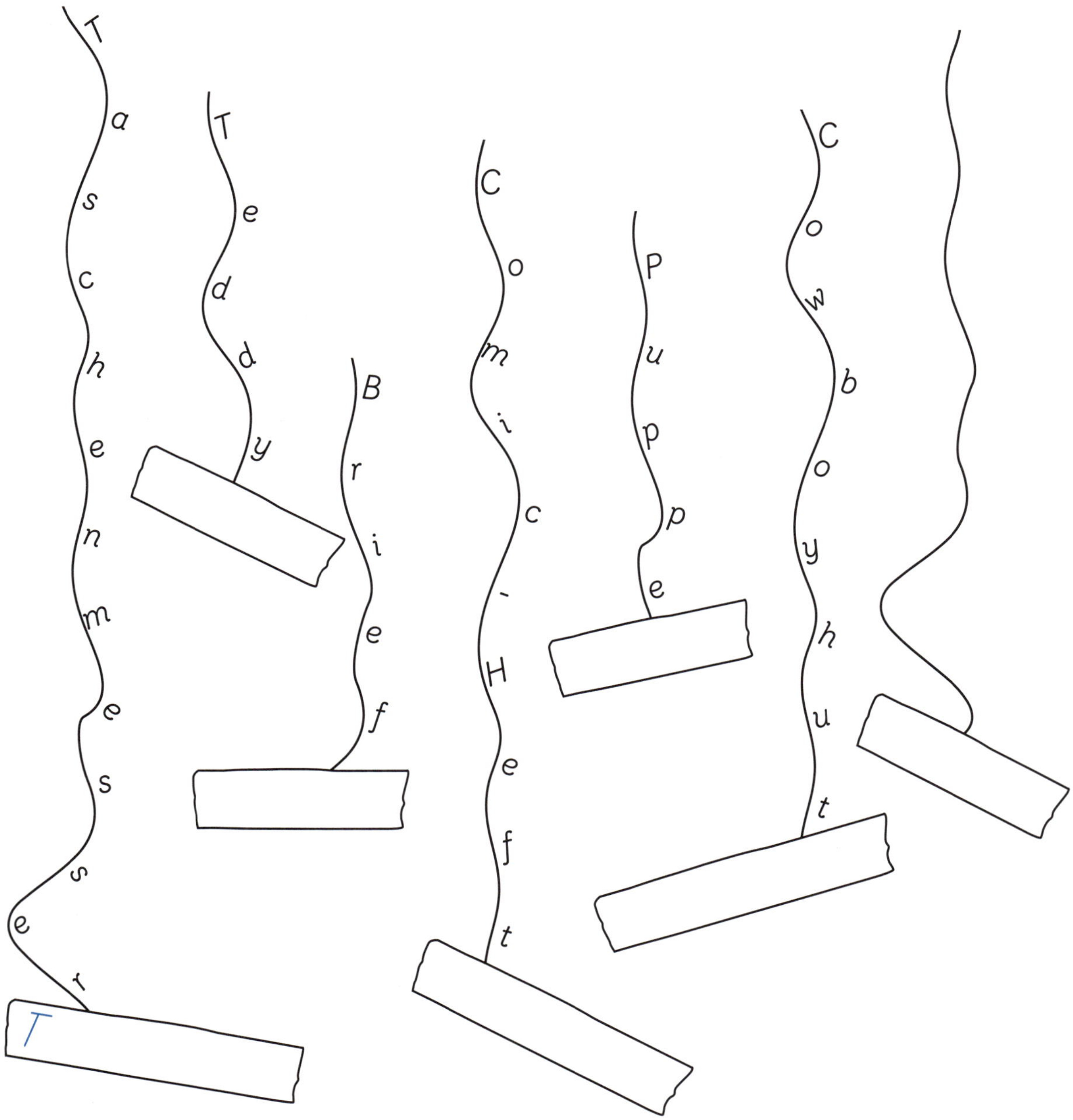




LE ▶ 2.3
▶ Lesebuch, Seite 38, 39

# Halbe Sachen

1 Ergänze die Bilder und schreibe die Wörter vollständig auf.

Apfel

Nuss

Fenster

Kinder

Tee

Krähe

Küchentisch

Mandarine

Schneeflocke

# Bratapfel-Rezept

**1** Welche Zutaten fehlen? Schreibe sie dazu.

- *4 säuerliche Äpfel*
- *100 g gemischte Nüsse (z. B. Haselnüsse, Mandeln und Walnüsse)*
- ______________________________

- *½ Teelöffel Zimtpulver*
- ______________________________
- ______________________________

- *120 ml Apfelsaft*

**2** Bringe nun die Sätze des Rezepts in die richtige Reihenfolge. Nummeriere sie von 1 bis 7.

☐ *Nach etwa 20 Minuten den Apfelsaft mit etwas Wasser angießen.*

☐ *Den Backofen auf 180 °C vorheizen.*

☐ *Guten Appetit!*

☐ *Nüsse und Rosinen hacken und mit dem Zimt und Honig vermischen.*

☐ *Die Butter in Flöckchen darauf verteilen und die Bratäpfel im vorgeheizten Ofen ca. 40 Minuten backen.*

☐ *Die Äpfel waschen, trocknen und das Kerngehäuse ausstechen.*

☐ *Die Äpfel in eine gebutterte Backform stellen und mit der Nussmischung füllen.*

Elisabeth Gerich (bearbeitet)



LE ▶ 2.1, 2.2, 3.1, 3.2, 3.5, 3.6, 3.7

▶ Lesebuch, Seite 41

# Die Geschichte vom beschenkten Nikolaus

**1** Suche diese 13 Wörter im Rätsel: Gedicht, brav, Mandarinen, Nikolaus, Nüsse, Jahr, Kind, Apfel, Dezember, Tee, Tasche, Wind, lieb. Die Wörter haben sich waagrecht ➔, senkrecht ↓ und diagonal ↘ versteckt.
Kreise sie rot ein.

| | | | | | | | | | | |
|---|---|---|---|---|---|---|---|---|---|---|
| G | D | B | R | A | V | E | R | K | L | M |
| E | E | I | N | E | K | L | J | A | U | A |
| D | S | N | I | K | O | L | A | U | S | N |
| I | K | Ü | O | C | I | H | H | T | A | D |
| C | D | S | E | M | N | N | R | I | P | A |
| H | K | S | O | T | L | A | D | U | F | R |
| T | D | E | Z | E | M | B | E | R | E | I |
| S | E | I | N | E | E | N | H | E | L | N |
| I | ß | E | N | T | T | A | S | C | H | E |
| W | I | N | D | E | L | I | E | B | E | N |

**2** Male die nicht benutzten Kästchen gelb aus.
Schreibe die bemalten Buchstaben der Reihe nach unten in die Kästchen.

# Spatzen im Winter

**1** Lies und zeichne das passende Bild dazu.

Auf einem Ast sitzen fünf Spatzen. Vier sitzen dicht nebeneinander. Einer sitzt etwas abseits. Er schaut traurig aus. Einer der fünf Spatzen hat einen Wurm in seinem Schnabel. Ein anderer schaut auf die Seite. Er beobachtet die Schneeflocken, denn es hat soeben zu schneien begonnen. Ein sechster Spatz ist im Landeanflug, er flattert schnell mit seinen Flügeln. Doch das beeindruckt die anderen nicht. Sie bleiben ruhig auf ihren Plätzen sitzen.

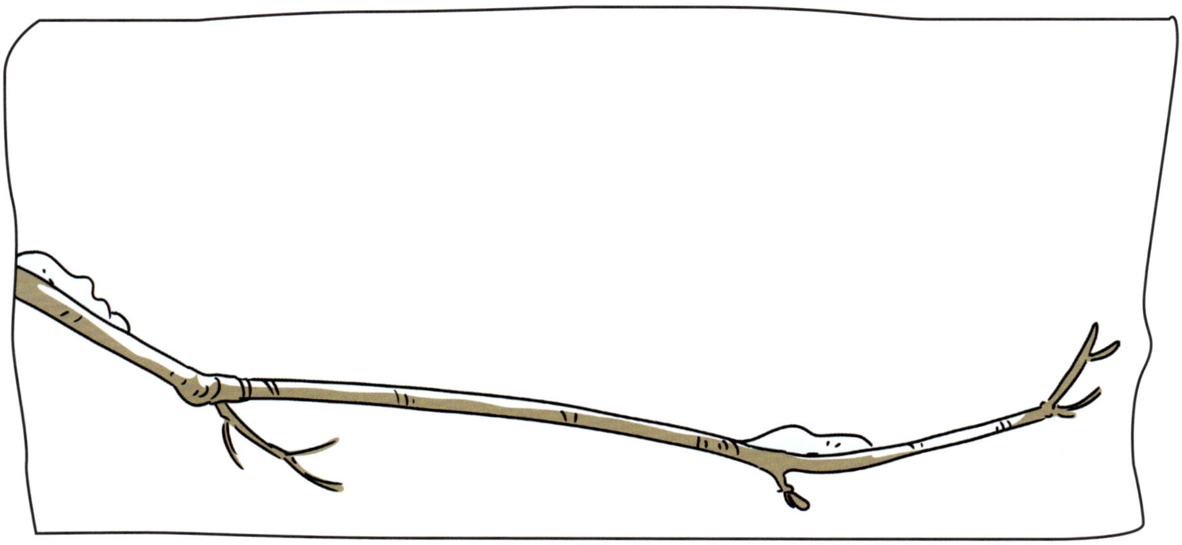

**2** Folge den Spatzenspuren im Schnee.
Wie heißen die Wörter? Schreibe sie auf.

____________________

____________________

____________________

____________________

## Es schneit

1 Verbinde die SCHNEE-Wörter mit den passenden Bildern.

SCHNEEflocke

SCHNEEkanone

SCHNEErose

SCHNEEwittchen

SCHNEEmann

SCHNEEpflug

SCHNEEball

SCHNEEtreiben

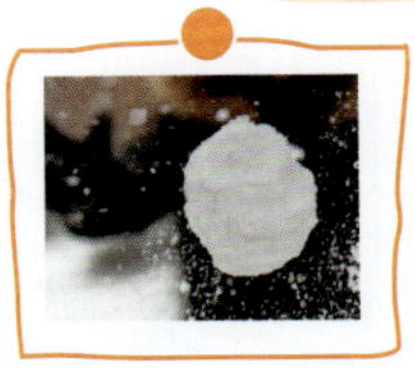

SCHNEEberg

SCHNEEhase

SCHNEEeule

SCHNEEketten

SCHNEEglöckchen

2 Fallen dir noch weitere Schneewörter ein?

______________________________

3 Was verrät uns das Wort **Schnee** im Namen Schneewittchen?

______________________________

# Mein Weihnachtsfest mit einer großen Familie

**1** In jedem Satz versteckt sich ein überflüssiges Wort.
Kreise es in deiner Lieblingsfarbe ein und schreibe die eingekreisten Wörter der Reihe nach unten in die Kästchen.

Evelyn verbrachte Zu gemeinsam mit ihrer Familie ein schönes Weihnachtsfest.

Sie half ihrer Mama den Weihnachtsbaum Weihnachten zu schmücken.

Der neue Mann ihrer Mama kochte mit ihrem Bruder feierten in der Küche.

Am Evelyn Abend kam ihr Papa mit seiner neuen Frau und deren Kindern zu Besuch.

Die beiden Kinder und Evelyn sind und mittlerweile Freunde geworden.

Dann durften ihre sie ins Wohnzimmer gehen.

Zusammen sangen große sie einige Weihnachtslieder.

Der Weihnachtsbaum war Familie wunderschön.

Die Kinder öffneten viele Päckchen, ein denn das Christkind hatte keinen vergessen.

Die Kinder schönes gingen bald danach schlafen.

Fest Sie redeten und blödelten noch lange herum.

# Was ich von meinen Tanten zum Geburtstag bekam

**1** Setze die passenden Reimwörter ein.

Von Tante Wilhemine
eine ______________________,
von Tante Grete
eine ______________________,
von Tante Adelheid
ein ______________________,
von Tante Beate
eine ______________________,
von Tante Liliane
eine ______________________,
von Tante Isabell
ein weißes ______________________,
von Tante Veronika
eine ______________________,
von Tante Emilie
eine ______________________,
von Tante Kunigunde
zwei lustige ______________________,
zuletzt von Tante Erika
eine Karte aus ______________________.
Tante Walpurga, auf die sich nichts reimt,
hat mein zerbrochenes Holzpferd ______________________.

Hans Domenego u. a.

geleimt
Trompete
Lilie
Tomate
Amerika
Harmonika
Banane
Sommerkleid
Bärenfell
Hunde
Mandarine

# Die Bremer Stadtmusikanten

**1** Erzähle das Märchen von den Bremer Stadtmusikanten nach.
Diese Bilder sind deine Erzählkarten. Schreibe wichtige Wörter dazu, die dir beim Nacherzählen helfen.

2

3

4

5

6

7

8

9



LE ▶ 3.6, 3.7, 5.1
▶ **Lesebuch, Seite 48, 49**

# Prinzessin Kunigunde

**1** Kannst du den Text lesen? Wenn du Hilfe brauchst, verwende einen Spiegel, dann geht es gleich leichter.

Mein Name ist Kunigunde und ich lebe auf dem Schloss meiner Eltern, dem König und der Königin des Landes Noricum. Oft ist mir langweilig, da ich leider keine Geschwister habe. Am liebsten reite ich aus oder musiziere in meinem Turmzimmer. Meine langen rabenschwarzen Haare werden jeden Tag von meiner Zofe gebürstet, denn dann glänzen sie besonders schön. Ich bin nicht sehr groß, dafür habe ich blitzblaue Augen und beim Lachen sieht man meine weißen Zähne. Ich trage gerne lange bunte Kleider und bei festlichen Anlässen setze ich mein Krönchen auf meinen Kopf. Schmuck trage ich nicht so gerne, der stört mich beim Ausreiten und Spielen. Ich bin gerne Prinzessin.

**2** Zeichne die Prinzessin Kunigunde auf.

# Der Rattenfänger von Korneuburg

**1** Verbinde die Abschnitte, die das Gleiche ausdrücken.

In alten Tagen war die Stadt Korneuburg von so vielen Ratten belagert, dass die Menschen verzweifelt waren.

Die Stadtväter setzten eine hohe Belohnung aus für den, der die Ratten aus der Stadt vertreiben könnte.

Da kam ein fremder Mann in die Stadt. Er trug eine kleine, schwarze Pfeife in der Hand. Freundlich fragte er den Bürgermeister, ob er die Belohnung erhalten würde, sollten ihm die Ratten folgen. Der Bürgermeister versicherte dem Fremden, dass er alles, alles Gold erhalten sollte.

Und so spielte der Mann auf der Pfeife. Alle Ratten liefen herbei und rannten dem Mann nach. Auch als er in die Donau stieg, blieb kein Tier am Ufer. Korneuburg war befreit.

Nun wollte der Bürgermeister nur einen Teil der Belohnung bezahlen. Böse verschwand der fremde Mann.

Schon bald kam er mit einer goldenen Pfeife zurück. Er spielte die herrlichsten Lieder. Diesmal folgten ihm alle Kinder Korneuburgs. Sie stiegen mit ihm auf sein Schiff und verschwanden.

Die Regierenden der Stadt versprachen eine hohe Belohnung für den, der die Ratten verjagen konnte.

Vor langer Zeit herrschte in der Stadt Korneuburg eine schreckliche Rattenplage. Die Menschen waren verzweifelt.

Der Bürgermeister hielt sein Versprechen nicht.

Der Fremde kehrte wieder. Diesmal spielte er auf einer goldenen Pfeife. Er spielte so herrlich, dass ihm alle Kinder folgten. Sie gingen mit ihm, stiegen auf sein Schiff und wurden nie mehr gesehen.

Ein Fremder kam in die Stadt. Er war bereit zu helfen und die Ratten zu vertreiben, wenn er eine Belohnung erhalten würde. Der Bürgermeister willigte ein und versprach eine hohe Belohnung.

Als der Fremde auf seiner Pfeife spielend aus der Stadt spazierte, folgten ihm alle Ratten und liefen ihm nach, sogar bis zur Donau. Dort ertranken sie und Korneuburg war befreit von der Rattenplage.



LE ▶ 2.1, 2.2, 3.4, 3.7

▶ Lesebuch, Seite 51

# Der Wassermann

**1** Beantworte die Fragen und male den richtigen Buchstaben an.
Wie lautet das Lösungswort?

Wo liegt die Grotte des Wassermannes?

- (A) am Erzberg
- (E) im Erzbachtal
- (I) hinter dem See

Warum wollten die Leute den Wassermann fangen?

- (P) weil sie Angst vor ihm hatten
- (R) damit er ihnen einen Wunsch erfüllt
- (M) weil sie ihn an den Leopoldsteiner See bringen wollten

Warum ist es schwer, einen Wassermann zu fangen?

- (O) weil er ein guter Schwimmer ist
- (F) weil er nie ans Tageslicht kommt
- (Z) weil er so glitschig ist

Wie fingen die Männer den Wassermann?

- (B) Sie warfen einen klebrigen Mantel über ihn.
- (W) Sie warfen ein Netz über ihn.
- (K) Sie lockten ihn in eine Fallgrube.

Was gaben die Männer dem Wassermann zu essen?

- (A) Fische
- (M) Gurkenstückchen
- (E) Brot und Speck

Was versprach der Wassermann vor dem Erzberg?

- (R) Eisen für immer
- (T) Gold für zehn Jahre
- (U) Silber für ein ganzes Leben

Wie lange hielten die Leute den Wassermann noch gefangen?

- (D) zwei Wochen
- (G) ein Jahr
- (S) ein halbes Jahr

Lösungswort: ☐☐☐☐☐☐☐

# (K)ein Märchen

Es war einmal an irgendeinem Ort zu irgendeiner Zeit
aus irgendeinem Grund eine Frau, die trug auf dem Kopf anstatt
eines Hutes einen rosaroten Wackelpudding.
Niemand wusste wieso, und niemand wusste weshalb …

Elisabeth Steinkellner

**1** Zeichne ein Bild von der Frau.

**2** Führe mit ihr ein Interview.
Lass deiner Fantasie freien Lauf.

Wie heißen Sie?

________________________________________

Wo wohnen Sie? Wohnen Sie allein?

________________________________________

Wie alt sind Sie?

________________________________________

Haben Sie Hobbys und wenn ja, welche?

________________________________________

Warum tragen Sie einen Wackelpudding auf Ihrem Kopf?

________________________________________

________________________________________

Vielen Dank für das Interview, liebe Frau ____________________.



LE ▶ 2.1, 2.2, 3.2, 3.7, 4.1, 4.2, 5.1
▶ Lesebuch, Seite 55

# So fühle ich mich wohl

**1** Vervollständige die Sätze und male ein Bild dazu.

Ich fühle mich richtig wohl, wenn

- Meine beste Freundin / Mein bester Freund fühlt sich wohl, wenn

**2** Kreise deine persönlichen Wohlfühlwörter mit deiner Wohlfühlfarbe ein.

Hausaufgabe Ausflug Freunde Blumenwiese Schwimmbad Restaurant
Flugzeug Ameise Kino Fußballplatz Meer Berge Auto Computer Hund
Handy Spielplatz Eisgeschäft Bücher Großeltern Sonnenschein Regen
Gewitter Bürste Zahnarzt Wald Fernseher Fahrrad Theater Eislaufplatz

LE ▶ 7.2
▶ Lesebuch, Seite 56, 57

## Woher kommt die Liebe?

1 Lies dir den Text genau durch.

2 Zeichne das für dich passende Bild und schreibe das Wort dazu auf.

Was ist Liebe?
Ist sie rosa oder blau?
Hat sie Streifen
oder ist sie getupft?

Hat die Liebe einen Geschmack?
Vielleicht wie eine saftige Orange
oder wie ein Geburtstagskuchen
mit Schokolade und Sahne[1]?
Oder schmeckt sie eher wie Spinat?

Wie fühlt sich Liebe an?
Ist sie warm und flauschig
wie ein kleines Hündchen?
Oder fühlt sie sich eiskalt an
und prickelnd wie ein Schneesturm
in den Bergen?

[1] Sahne = Schlagobers

- Und wonach klingt wohl Liebe?
  Klingt sie wie ein kleines lachendes Baby
  oder mehr wie der gewaltigste Löwe,
  den du einmal im Zoo hast brüllen hören?

- Hat Liebe auch einen Geruch?
  Duftet sie nach leckeren Keksen,
  die im Ofen backen,
  oder eher wie die roten Rosen im Garten,
  die nach dem Regen ihre Blüten öffnen?

Etan Boritzer

3 Wen liebst du? Was liebst du?
Schreibe oder zeichne in die Herzen.

# Der Sprung

**1** Hannes spürt seine Angst im Körper.
Setze die passenden Wörter in die Lücken ein.

rumort • Schweißtropfen • kribbelt • langsamer • elend • kürzer
weich • trocken • feucht • glühen • Bauchbrummen • eng • brummt

Im Bauch ______________ und ______________ es ein bisschen.

Mit einem Mal ist das ______________ wieder da.

Hannes' Schritte werden immer ______________ und

______________.

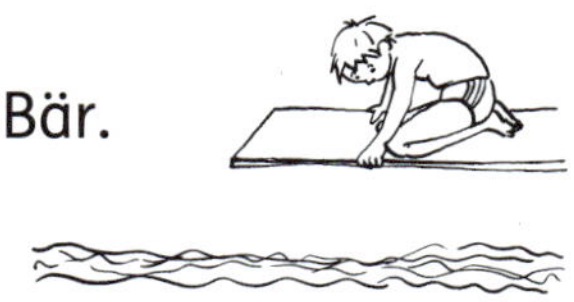

Sein Bauch ______________ nun wie ein hungriger Bär.

Hannes ist ganz ______________ zumute.

Die ______________ stehen ihm auf der Stirn.

Der Hals wird ______________ und ______________.

Seine Hände sind ______________, die Knie ______________.

Sein Kopf scheint zu ______________.

**2** Male die Stellen, wo du deine Angst im Körper spürst, bunt an.

LE ▶ 2.1, 2.2, 3.1, 3.2, 3.6, 3.7, 7.2
▶ Lesebuch, Seite 59, 60

# Träume

1 Wann warst du traurig? Erzähle.

______________________________

______________________________

______________________________

______________________________

______________________________

______________________________

2 Bilde neue Wörter mit den Buchstaben des Wortes **Traurigkeit**.

Tag

Traurigkeit

gr ...

Rit ...

# Warum Marie nicht gerne baden geht

**1** Das Wort **nein** hat sich zehnmal versteckt. Kreise es ein.

| | | | | | | | | | |
|---|---|---|---|---|---|---|---|---|---|
| N | K | L | M | N | E | I | N | P | Ä |
| E | V | N | G | H | E | U | K | L | N |
| I | X | E | M | N | E | I | N | O | E |
| N | B | I | N | R | K | G | E | I | I |
| Z | J | N | W | Q | N | E | I | N | N |
| F | E | S | U | P | U | I | N | O | L |
| D | F | B | N | E | I | N | D | E | V |
| N | E | I | N | G | S | N | E | I | N |

**2** Kannst du die Botschaft entschlüsseln?
Das Alphabet hilft dir dabei. Tipp: - 4

A B C D E F G H I J K L M N O P Q R S T U V W X Y Z

**Peww hmv rmglxw kijeppir, aew hy rmglx amppwx!**

**3** Schreibe diesen wichtigen Satz noch einmal auf.

L

**4** Schreibe eine geheime Botschaft.

# Die Sprache der Ritter

Im Mittelalter wurde Mittelhochdeutsch geschrieben und gesprochen. Minnesänger waren Sänger, die von einer Burg zur anderen ritten und dort mit ihrem Gesang für Abwechslung sorgten. Sie waren angesehene Leute. Jeder Minnesänger verfasste seine Texte selbst und trug sie mit einer Geige oder Fiedel vor. Der Gesang handelte meistens von der „Minne“, der Liebe.

1 Walther von der Vogelweide war ein berühmter Minnesänger. Ein bekannter Text von ihm hieß „Ich saz ûf eime steine“.

Was könnte das bedeuten?

____________________________________________

2 Das Gedicht „Dû bist mîn, ich bin dîn“ wurde von einem anonymen Schriftsteller verfasst. Damit ist gemeint, dass man leider nicht weiß, wer das Gedicht geschrieben hat.

Wovon handelt das Gedicht? ____________________________________________

Was ist verloren gegangen? ____________________________________________

Was bedeuten die Wörter „mîn“ und „dîn“? ______________________________

3 Schreibe die erste Zeile in unserem heutigen Deutsch auf.
Dû bist mîn, ich bin dîn ...

____________________________________________

4 Dichte eine weitere Zeile selbst dazu.
Folgende Wörter könnten dir helfen: sein, klein, rein, fein.

____________________________________________

LE ▶ 2.1, 2.2, 3.1, 3.2, 3.3, 3.7, 4.1, 4.2, 5.1
▶ Lesebuch, Seite 64

# So wurde man Ritter

**1** Kreuze an, was passt und finde das Lösungswort.

Ein Bub, der Ritter werden wollte, musste eine
(R) lange (U) kurze (K) lustige Ausbildung machen.

Die Ausbildung kostete viel Geld und dauerte
(Z) drei Tage. (I) sieben Jahre. (B) einige Monate.

Die Eltern schickten ihren Sohn dafür
(E) in ein anderes Land. (R) in ein anderes Tal. (T) auf eine andere Burg.

Zuerst wurde der Junge
(C) Knappe. (P) Ritter. (T) Page.

Er erlernte gute Manieren und das
(C) Laufen (E) Kämpfen (M) Essen mit dem Schwert.

Geübt wurde mit einem (T) Plastikschwert (R) Holzschwert (V) Holzpfeil
und einem hölzernen Pferd.

● Mit (H) acht (S) vierzehn (A) zehn
Jahren wurde der Page zum Knappen ernannt.

Er kümmerte sich um die (S) Kühe (O) Hunde (C) Pferde
seines Ritters und polierte dessen Waffen und Rüstung.

Um mit seinem (Ö) Vater (H) Ritter (K) Freund in die Schlacht ziehen zu
können, trainierte der Knappe mit richtigen Waffen.

Er erlernte das Reiten ohne (I) Beine, (W) Hosen, (L) Hände,
um bei der Schlacht besser kämpfen zu können.

Mit etwa einundzwanzig Jahren hatte der Knappe ausgelernt und wurde in den
meisten Fällen selbst zum (O) König (A) Ritter (G) Pagen geschlagen.

Der neue Ritter schwor beim Ritterschlag seinem Dienstherrn
(G) Treue und Tapferkeit. (W) Reue und Tapferkeit. (K) Treue und Heiterkeit.

Lösungswort:

| | | | | | | | | | | | |
|---|---|---|---|---|---|---|---|---|---|---|---|
| | | | | | | | | | | | |



LE ▶ 2.1, 2.2, 3.1, 3.2, 3.6, 3.7
▶ Lesebuch, Seite 65

# Mädchen im Mittelalter

**1** Kreuze richtig an.

| | ja | nein |
|---|---|---|
| Mädchen lernten lesen, schreiben und rechnen. | ○ | ○ |
| Mädchen konnten genauso gut reiten wie die Buben. | ○ | ○ |
| Mädchen lernten auch sticken, nähen und kochen. | ○ | ○ |
| Mädchen trugen kurze Kleider. | ○ | ○ |
| Mädchen zogen mit vierzehn Jahren in die Schlacht. | ○ | ○ |
| Mädchen ritten wegen ihrer langen Kleider im Damensattel. | ○ | ○ |

**2** Verbinde die passenden Satzteile miteinander.

- *Johanna von Orléans war die Tochter* •
- *Johanna fragte den französischen König,* •
- *Sie hatte diese Botschaft* •
- *König Karl stellte ihr* •
- *Johanna und ihr Heer* •
- *Danach wollte König Karl,* •
- *Sie kämpfte* •
- *Der König verriet* •
- *Johanna von Orléans wurde nach ihrem Tod* •

- • *von einem Engel erhalten.*
- • *von französischen Bauern.*
- • *ob sie für ihn kämpfen dürfte.*
- • *dass sie zu kämpfen aufhört.*
- • *eine Rüstung und ein Heer zur Verfügung.*
- • *vertrieben die Belagerer.*
- • *heiliggesprochen.*
- • *ohne Erlaubnis weiter.*
- • *Johanna an ihre Feinde.*

# Ritterlich

**1** Finde die 15 „Ritter- und Drachenwörter" und kreise sie ein.

| | | | | | | | | | | | | | | | | | | | |
|---|---|---|---|---|---|---|---|---|---|---|---|---|---|---|---|---|---|---|---|
| A | J | R | I | T | T | E | R | N | V | D | Ü | D | W | Y | O | L | V | G | E |
| L | W | U | O | P | C | R | L | Z | H | R | M | U | A | L | R | N | S | Ä | F |
| M | V | L | E | R | C | Ö | A | Q | N | A | X | I | F | O | P | A | G | E | T |
| I | S | D | Ö | L | Ü | T | E | V | H | C | K | E | F | Ä | R | I | N | M | U |
| T | L | G | U | R | B | M | R | O | Z | H | S | O | E | L | W | G | A | Ü | M |
| T | H | J | E | F | L | Ü | R | E | S | E | M | K | N | O | R | Y | Q | U | P |
| E | S | C | P | F | I | E | Ö | P | U | J | S | V | U | T | E | T | Ö | Q | I |
| L | U | G | I | O | Ä | Ä | Ü | N | E | E | X | Ü | D | R | C | A | H | T | X |
| A | I | B | L | Z | S | H | C | J | K | W | E | R | N | O | Ä | P | F | R | A |
| L | R | M | D | T | W | U | R | Q | I | S | U | A | H | Ä | L | F | I | N | E |
| T | U | M | Ü | X | D | O | E | L | M | R | K | Ä | M | P | F | E | N | Q | M |
| E | I | P | S | U | B | W | M | O | I | W | P | N | M | I | V | R | S | O | H |
| R | H | O | P | U | R | Ü | N | I | T | C | E | F | A | L | O | X | Ä | H | S |
| Q | R | E | I | T | E | N | Ö | H | U | V | H | S | Ä | P | J | U | I | O | C |
| Ö | I | Z | N | M | K | O | R | B | S | K | W | D | I | M | P | N | J | Y | H |
| O | Z | H | S | R | E | R | Ü | S | T | U | N | G | G | H | N | E | K | O | L |
| H | D | R | A | L | P | U | Z | T | N | B | C | U | G | Ü | D | S | G | U | A |
| K | Ö | N | I | G | J | O | H | G | F | U | S | L | O | Ö | W | Ä | X | D | C |
| P | I | M | V | N | K | L | Z | E | C | Ä | I | O | H | B | S | R | J | P | H |
| Ä | K | G | D | R | A | C | H | E | N | H | A | U | T | Ö | P | W | T | I | T |

Ritter, Drache, Waffen, Page, Treue, gefährlich, Mittelalter, reiten, kämpfen, tapfer, Knappe, Rüstung, König, Drachenhaut, Schlacht

**2** Schreibe die Wörter auf. Achte dabei auf die Groß- und Kleinschreibung.



LE ▶ 2.3
▶ Lesebuch, Seite 67

# Der geheimnisvolle Maulwurfstollen

**1** Lies den Text und beantworte die Fragen.

Eines Abends versuchte sie mit ihrem Kater Mingko Verstecken zu spielen. Aber er verstand das Spiel nicht und fand Silja immer viel zu schnell. Es wurde dunkel im Innenhof der Burg. Silja nahm eine Laterne und leuchtete in den alten Brunnen hinein, der vertrocknet war. Über der Öffnung lagen lange, schmutzige Bretter. Silja war neugierig geworden. Sie schob die Bretter eins nach dem anderen weg und kletterte vorsichtig an der alten Eimerschnur in den Brunnen hinunter. Die Laterne hielt sie zwischen den Zähnen fest. Klettern konnte sie wie ein Äffchen. Endlich unten! Silja leuchtete mit der Laterne. Vor ihr tat sich ein Tunnel auf! Den hatten vor vielen Jahren Angreifer unter der Burgmauer hindurch gegraben. Ein richtiger Maulwurfstollen war das.

Notrud Boge-Erli und Chris Boge

Welche Namen kommen in diesem Text vor?

Wie lautet das längste Wort im Text (15 Buchstaben)?

Wie lauten die kürzesten Wörter?

Schreibe mindestens fünf Eigenschaftswörter aus diesem Text auf.

Schreibe alle Wörter mit einem Doppelbuchstaben auf.

- Welches Wort kann man noch für das Wort **Eimer** verwenden?

# Steckbrief eines Drachen

1. Stelle dir einen Drachen vor und ergänze den Steckbrief.
   Zeichne den Drachen.

Name: ____________________

Aussehen: ____________________

____________________

Lebensraum: ____________________

Nahrung: ____________________

____________________

Besonderheiten: ____________________

____________________

2. Lies das Drachenmärchen.

**Es war einmal** ein großer grüner **Drache** namens Drago.
**Er lebte in** einem Hochhauskeller in New York.
**Doch eines Tages** verliebte er sich in eine wunderschöne Drachendame.
**Da** zog er mit ihr in das Drachenland.

3. Schreibe dein eigenes Drachenmärchen.

*Es war einmal ein* ____________________ *Drache* ____________________

*Er lebte in* ____________________

*Doch eines Tages* ____________________

____________________

*Da* ____________________

# Der Findeboy

1 Was sagt das Mädchen am Ende der Geschichte?

Christine Rettl und Winfried Opgenoorth

# Bekannte Erfinder und Erfinderinnen

**1** Lies dir die folgenden Sätze aufmerksam durch.
Bei einigen haben sich Fehler eingeschlichen.
Kreuze nach jedem Satz an, ob die Aussage richtig oder falsch ist.

| | richtig | falsch |
|---|---|---|
| Johannes Gutenberg hat die Glühbirne erfunden. | ◯ | ◯ |
| Thomas Alva Edison machte über 1000 Erfindungen. | ◯ | ◯ |
| Johannes Gutenberg druckte als Erstes die Bibel. | ◯ | ◯ |
| Marion Donovan erfand den Geschirrspüler. | ◯ | ◯ |
| Marion Donovan wurde 81 Jahre alt. | ◯ | ◯ |
| Josephine Cochrane war die Erfinderin des Buchdrucks. | ◯ | ◯ |
| Johannes Gutenberg gilt als der Erfinder der Wegwerfwindel. | ◯ | ◯ |
| ● Der Phonograph war der Vorläufer der heutigen Waschmaschine. | ◯ | ◯ |
| Durch die Erfindung des Buchdrucks mit beweglichen Buchstaben konnten Bücher schneller und billiger hergestellt werden. | ◯ | ◯ |
| Josephine Cochrane wurde später geboren als Thomas Alva Edison. | ◯ | ◯ |

LE ▶ 2.1, 2.2, 3.1, 3.2, 3.7, 4.1, 7.1

▶ Lesebuch, Seite 73

# Lise Meitner

1 Schreibe die wichtigen Ereignisse aus dem Leben von Lise Meitner auf.

**1878:** ______________________________

______________________________

**1901:** ______________________________

______________________________

**1907:** ______________________________

______________________________

● **1914 bis 1918:** ______________________________

______________________________

**1938:** ______________________________

______________________________

**1944:** ______________________________

______________________________

● **1968:** ______________________________

______________________________

Beim Forschen kann man viele Überraschungen erleben.

# Vollautomatisch!

1 Erfinde eine automatische Maschine, die dir oder anderen Arbeit abnehmen könnte: z. B. Hausübungsschreibmaschine, Spinat-in-Eis-Verwandelmaschine …

2 Zeichne einen Konstruktionsplan deiner Maschine.

Automatische ______________________________

3 ● Schreibe eine Anleitung zu deiner erfundenen Maschine.

______________________________

______________________________

______________________________

______________________________

______________________________

______________________________

______________________________

______________________________



LE ▶ 6
▶ Lesebuch, Seite 75

# Auf dem Patentamt

1 Lass die Fliegen sprechen. Werden sie den Trick durchschauen?

2 Sprich den Zungenbrecher, so schnell du kannst.

Wenn Fliegen hinter Fliegen fliegen, fliegen Fliegen Fliegen nach.

3 Kennst du auch einen Zungenbrecher?

_______________________________________________

# Der Traum vom Fliegen

1 Lies dir den Text im Lesebuch genau durch und ergänze die Sätze.

Weidenstäben

Flügeln schlagen

Segeltuch

Nach einer alten griechischen Sage war der Erfinder Dädalus aus der Stadt ________________ der erste Mensch, der ______________ konnte.

Leonardo da Vinci meinte, dass Vögel fliegen können, weil sie mit den ________________________________.
Er entwarf ein ________________________. Die Flügel sollten mit _____________ und ______________ bewegt werden.

ein Schaf

12

300

Als erste Passagiere in einem Ballon reisten 1783 ____________, eine Ente und ____________.
Einen Ballonaufstieg nennt man ____________.

Schwingenflugzeug

Hängegleiter

fliegen

Orville Wright

Armen

36

ein Hahn

Das Fluggerät von Otto Lilienthal hieß ________________.
Es bestand aus ________________ und ______________.
Er flog dabei bis zu ______ m weit.

Die ersten Menschen, die mit einem Motorflugzeug flogen, hießen Wilbur und ____________________. Ihr erster Flug dauerte ______ Sekunden und die Strecke betrug ______ Meter.

Fahrt

Athen

Beinen



LE ▶ 2.1, 2.2, 3.1, 3.2, 3.7, 4.1, 7.1

▶ Lesebuch, Seite 78, 79

# Die Zeit

1 Lies die ersten zwei Strophen des Gedichtes so schnell du kannst und danach so langsam du kannst.

Man kann sie nicht riechen,
man kann sie nicht schmecken,
man kann sie einfach nirgends entdecken.

Man kann sie vergeuden,
man kann sie vergessen.
Doch was man versäumt hat,
kann man nicht messen.

Gerald Jatzek

2 Schlage dein Lesebuch auf Seite 80 auf und schreibe die dritte Strophe des Gedichtes so schnell du kannst ab.

3 Jetzt schreibe die vierte Strophe so langsam du kannst ab.

# Zeitzonen

**1** Lies den Text aus dem Internet.

## Zeitzonen

**Im Jahre 1884 trafen sich Politiker aus vielen verschiedenen Ländern in Washington, um eine weltweit gültige Standard-Zeit einzuführen.**
Die Welt ist in Zeitzonen eingeteilt, die sich an den Längengraden der Erde orientieren. In ihrem Zentrum liegt die englische Stadt Greenwich, die sich auf dem so genannten Null-Meridian befindet.

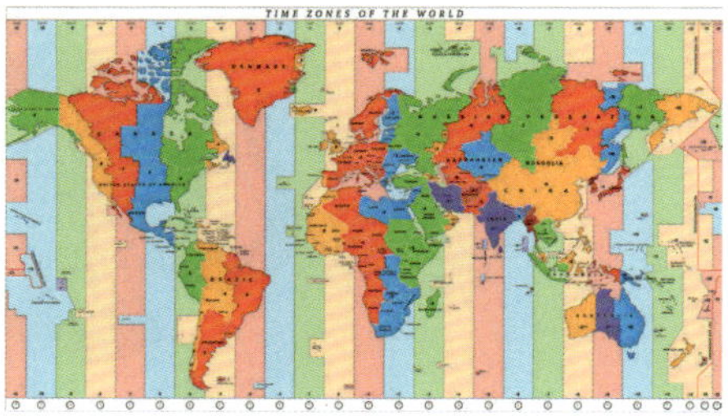

Der Null-Meridian, der auch Anfangsmeridian genannt wird, ist der Ausgangspunkt für die Zählung der Längengrade der Erde.
Wer sich einen Globus näher ansieht, kann Längen- und Breitengrade deutlich erkennen: Sie umspannen die Erde wie ein Gitternetz.
Die Längengrade ziehen sich von Norden nach Süden und verbinden die beiden Pole miteinander.

Die Zeit, die in der Sternwarte von Greenwich gemessen wird, wird GMT genannt. Das ist die Abkürzung für „Greenwich Mean Time“ und bedeutet ins Deutsche übersetzt so viel wie „mittlere Greenwich-Zeit“.
Die GMT dient als Grundlage zur Berechnung der jeweiligen Tageszeit in allen Ländern der Erde.
Die Bezeichnung GMT wird heute allerdings nicht mehr verwendet; sie wurde inzwischen durch den Begriff „Universal Time Coordinated“ (UTC) ersetzt, was so viel wie „koordinierte Weltzeit“ bedeutet.

*Holger Neumann*

**2** Setze die fehlenden Wörter ein.

Im Jahre 1884 trafen sich ______________ aus vielen Ländern, um eine weltweit gültige Standard-Zeit einzuführen.

Die __________ ist in Zeitzonen eingeteilt.

Die Zeitzonen orientieren sich den Längengraden der __________.

Längengrade und Breitengrade ________________ die Erde wie ein Gitternetz.

- GMT ist die Abkürzung für ________________________________.



LE ▶ 2.1, 2.2, 3.2, 3.7, 7.1
▶ Lesebuch, Seite 81

## Zeit-Wörter

**1** Wie heißen die Sanduhren-Wörter? Schreibe sie auf.

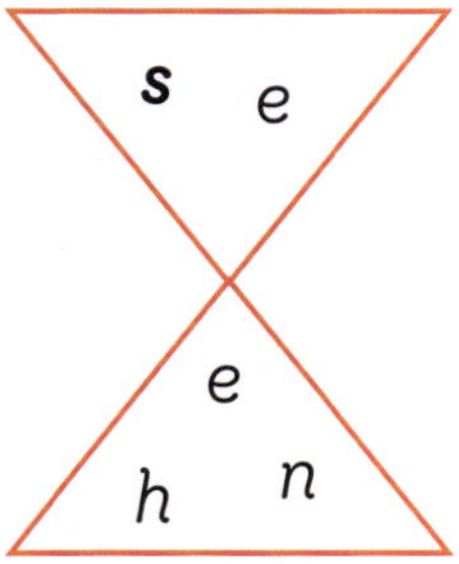


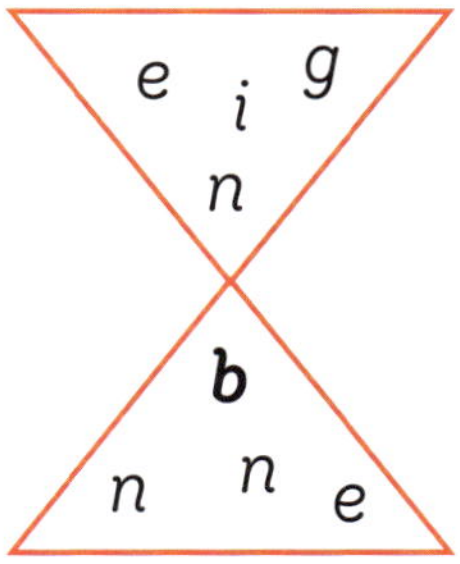


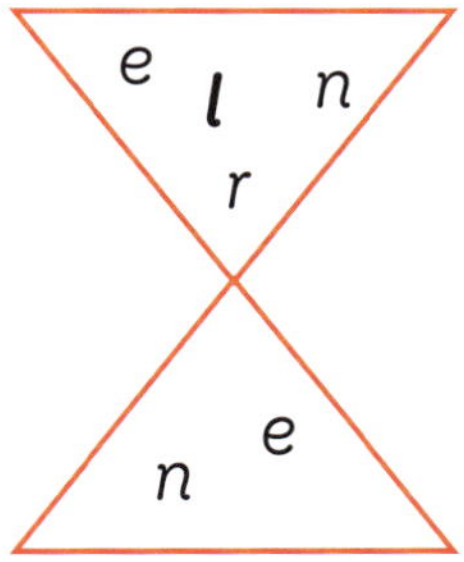


______________ ______________ ______________

●

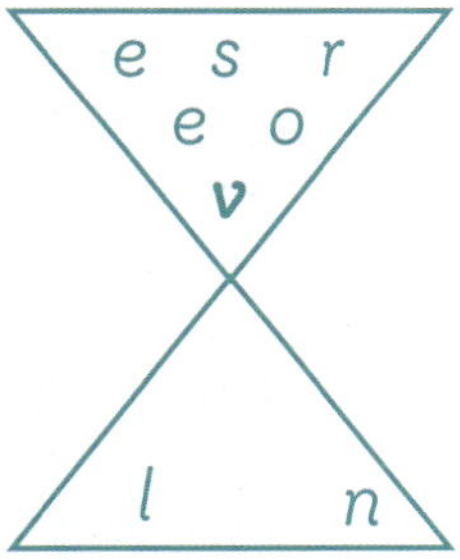

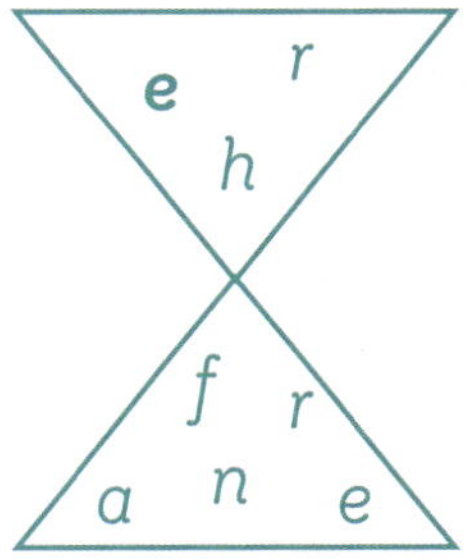


______________ ______________ ______________

Was reimt sich auf Feuer?

**2** Welches Wort reimt sich nicht? Streiche es durch.

| | | | |
|---|---|---|---|
| Wirbelwind | Lied | geschwind | Kind |
| erfahren | waren | laufen | Gefahren |
| Herbstjacke | Sommerzeit | Heiterkeit | Kleid |
| verrinnen | beginnen | Lehrerinnen | Lehrer |
| winken | tauchen | sinken | trinken |
| Kolonne | Getränkedose | Schihose | Rose |

# Theodor trödelt

**1** Kreuze an, was richtig ist.

- ○ Jeden Morgen singen Theodor und seine Mama gemeinsam ein Lied.
- ○ Jeden Morgen müssen sich Theodor und seine Mama beeilen.
- ○ Jeden Morgen schlafen Theodor und seine Mama sich in Ruhe aus.

- ○ Theodor will sich am Weg zum Bus noch die Blumen ansehen.
- ○ Theodor will sich am Weg zum Bus noch die Gartenzwerge ansehen.
- ○ Theodor will sich am Weg zum Bus noch ein Eis kaufen.

- ○ Theodor ist früh dran und entdeckt den kranken Schulwart.
- ○ Theodor ist zu spät dran und entdeckt den kranken Schulwart.
- ○ Theodor ist zu spät dran und plaudert mit dem Schulwart.

- ○ Die Lehrerin ruft die Feuerwehr und lobt Theodor.
- ○ Die Lehrerin ruft die Polizei und schimpft mit Theodor.
- ○ Die Lehrerin ruft den Krankenwagen und lobt Theodor.

- ○ Theodor freut sich, dass er zur rechten Zeit gekommen ist.
- ○ Theodor freut sich, dass er pünktlich gekommen ist.
- ○ Theodor freut sich, dass er der Erste in der Klasse war.

● 
- ○ „Halt, bitte warten Sie!“, ruft Mama dem Schulwart zu.
- ○ „Halt, bitte warten Sie!“, ruft Mama dem Busfahrer zu.
- ○ „Halt, bitte warten Sie!“, ruft Mama dem Krankenpfleger zu.

LE ► 2.1, 2.2, 3.1, 3.2, 3.6, 3.7, 4.1
► Lesebuch, Seite 83, 84

# Zeitreise-Maschine

**1** Mit Hilfe einer Zeitreise-Maschine reist du in das Jahr 2120 an einen Ort in Österreich. Wie schauen die Häuser, Schulen, Fortbewegungsmittel, Parks ... aus?
Zeichne ein Bild von deinem Zeitreise-Ort.

**2** Einige Gegenstände haben sich bis zum Jahr 2120 verändert und werden von den Menschen anders benannt.
Wie könnten sie heißen?

*Flugzeug* ____________________

*Fahrrad* ____________________

*Computer* ____________________

*Schultasche* ____________________

*Tafel* ____________________

*Brille* ____________________

LE ▶ 7.2
▶ **Lesebuch, Seite 85, 86**

# Kreuzworträtsel: Die Zeit

**1** Löse das Kreuzworträtsel. Schreibe in Großbuchstaben.

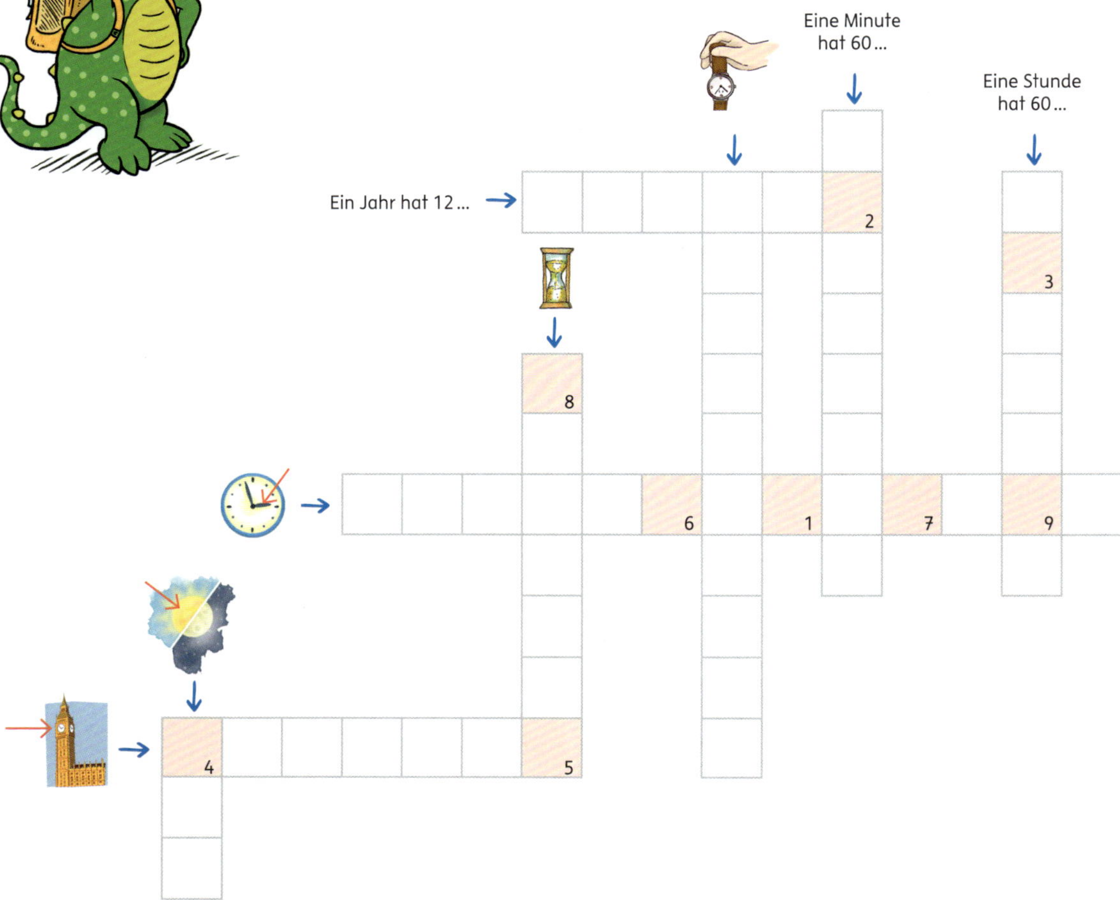


Lösungswort:

| | | | | | | | | |
|---|---|---|---|---|---|---|---|---|
| 1 | 2 | 3 | 4 | 5 | 6 | 7 | 8 | 9 |

→ ______________________

# Kreuz und quer durchs Internet

1 Kannst du die Sätze lesen?

Internet ist die Abkürzung für „Interconnected Networks" – „verbundene Netze.

Das Internet gibt uns die Möglichkeit, uns vom eigenen Computer mit Milliarden anderer zu vernetzen.

Informationen durchqueren in Sekundenschnelle das millionenfach verzweigte Netz.

Zwischen den Computern können Mitteilungen, Informationen und Daten hin und her geschickt werden.

Das Internet ist ein riesiges, weltweites Computernetzwerk.

2 Schreibe noch einen Satz dazu.

3 Wie oft findest du das Wort **Internet**? Kreise ein.

*InternetIntarnetInternetInternatInternitIntenet*

*ImternetInternetIntirnitInternotInternetInternet*

*IntinatInternetInternetIntornetInternutInternet*

Anzahl: ________

# Das Internet ...

1 Suche zum **Seepferdchen** wichtige Informationen im Internet.
Verwende bei deiner Suche eine speziell für Kinder entwickelte Suchmaschine wie zum Beispiel www.kidsweb.wien oder www.blinde-kuh.de.

2 Lies dir den folgenden Text durch und vergleiche deine neu erworbenen Informationen mit diesem.

**Sind Seepferdchen Pferde?**

Seepferdchen sind seltsame Tiere. Sie haben einen Klammerschwanz, mit dem sie greifen können wie ein Affe. Diesen wickeln sie um Seegrashalme, um nicht abgetrieben zu werden.
Ihre Körperfärbung ist jeweils ihrer Umgebung genau angepasst. Wie ein Chamäleon können sie ihre Augen unabhängig voneinander und in unterschiedliche Richtungen bewegen. Und die Männchen haben einen Beutel wie ein Känguru.
Außerdem haben Seepferdchen einen Kopf, der an ein Pferd erinnert. Und daher kommt auch ihr Name. Denn mit Pferden sind sie nicht verwandt. In Wirklichkeit sind Seepferdchen Fische.
Übrigens: Bei den Seepferdchen ziehen die Väter die Jungen groß. Das Weibchen legt seine Eier in den Beutel des Männchens und schwimmt weg.
● Das Männchen sorgt dafür, dass in seinem Beutel Nährstoffe und Sauerstoff für alle kleinen Seepferchen vorhanden sind. Nach zwei bis sechs Wochen „Schwangerschaft“ kommen dann die Wehen. Lange krümmt sich das Seepferdchen, bis alle tausend winzigen Seepferdchen aus seinem Beutel geschlüpft sind. Ab dann müssen die Kleinen auf sich selber aufpassen. Seepferdchen sind also die einzigen Tiere, bei denen Männchen schwanger sind – zumindest ein bisschen.

Ulrike Berger und Susanne Klar

# ... informiert

3 Schreibe wichtige Stichwörter über das Seepferdchen auf.

______________________________________________

______________________________________________

______________________________________________

______________________________________________

______________________________________________

4 Was findest du am Seepferdchen besonders interessant?

______________________________________________

______________________________________________

______________________________________________

5 Hast du schon einmal ein echtes Seepferdchen gesehen?

◯ ja ◯ nein

Wenn ja, wo? ______________________________________________

6 Zeichne ein Seepferdchen so genau wie möglich auf.

LE ▶ 2.1, 2.2, 3.1, 3.2, 3.3, 3.4, 3.7, 7.1

▶ Lesebuch, Seite 89

# Immer on – immer mit Werbung

**1** Im Internet findet man auch viel Werbung.
Oft sollen ungewöhnliche Wörter auf das Produkt aufmerksam machen.

zischfrisch atmungsaktiv zuckersüß hammerhart porentief kuschelweich aalglatt glasklar wolkenleicht butterweich knusperfrisch staubtrocken zauberhaft

**2** Lies die Werbetexte so vor, dass man Lust bekommt, die Produkte zu probieren.
Übertreiben ist erlaubt!

Die Butter ist so weich, dass man mit ihr sogar kuscheln kann.

Schokine, die originale Wiener Schokolade, so süß wie von Bienen gemacht.

**3** ● Schreibe jetzt selbst einen kurzen Werbetext, zum Beispiel für Kekse oder für ein Waschmittel.

___________________________________

___________________________________

___________________________________



LE ▶ 2.2, 6
▶ Lesebuch, Seite 91

# Die Comic-Maus

1 Hilf der Comic-Maus und übersetze ihre Sprache.

=

=

2 Erfinde eine Comic-Katze und lass sie sprechen.
Mische die Comic-Sprache mit der deutschen Sprache.

# Ein gutes Buch

**1** Wann, wo und was liest du gerne? Kreuze an, was für dich passt.

**Meine Lieblings-Lesezeiten:**

- ○ gleich nach dem Aufstehen
- ○ im Unterricht
- ○ am Nachmittag
- ○ am Abend
- ○ in der Nacht

- ○ vor dem Schlafengehen
- ○ beim Essen
- ○ immer
- ○ nie
- ○ ______________________

**Meine Lieblings-Leseplätze:**

- ○ im Kinderzimmer
- ○ im Wohnzimmer
- ○ in der Küche
- ○ am Klo
- ○ im Bett
- ○ im Garten
- ○ im Park

- ○ in der Leseecke
- ○ im Auto
- ○ im Zug
- ○ im Hort
- ○ im Urlaub in ______________
- ○ in der Schule
- ○ ______________________

**Meine Lieblings-Lesedauer:**

- ○ 5 Minuten
- ○ eine halbe Stunde
- ○ eine Stunde
- ○ so lang wie möglich
- ○ gar nicht
- ○ ______________________

**Mein Lieblings-Lesegeschmack:**

- ○ Krimi oder Detektivgeschichte
- ○ Fantasiegeschichte
- ○ Tiergeschichte
- ○ Geschichten über Freundschaften
- ○ Comic
- ○ ______________________

**2** Dieses Buch gefällt mir sehr gut: ______________________________



LE ▶ 1.2, 2.2

▶ Lesebuch, Seite 94, 95

# Lupenwörter

1 Kannst du die Wörter lesen? Schreibe sie auf.

De tek tiv ____________________ Erm ittler ____________________

k lug ____________________ Sch uld ____________________

U nsc huld ____________________ Ver bre chen ____________________

● aufmerk sam ____________________ g esc hickt ____________________

Str aft at ____________________ B ewe ise ____________________

2 Kreise die Eigenschaften, die ein Detektiv haben sollte, bunt ein.

aufmerksam brutal dumm klug verschwiegen ungeduldig vorlaut groß

höflich geschickt geduldig unhöflich schlimm tollpatschig dick gescheit

3 Welche unterschiedlichen Arten von Detektiven gibt es?

________________________________________

________________________________________

LE ▶ 2.2, 2.3, 3.2

▶ Lesebuch, Seite 96

# Detektive aufgepasst!

**1** Kannst du den Satz im Satz lesen?
Kreise die Wörter, die den Satz ergeben ein. Tipp: 6

Die schlauen Detektive sichern die verdächtigen Fingerabdrücke mit Grafitpulver und Klebeband und verraten danach der weißhaarigen Frau Lau den mutmaßlichen Namen und beschreiben den Täter.

**2** Schreibe jetzt selbst eine Geheimbotschaft an deinen Freund oder Freundin.
Schreibe zuerst den geheimen Satz auf und füge danach die anderen Wörter hinzu, bis du einen weiteren Satz oder Sätze hast.

Tipp: ________

**3** Finde das Wort im Wort. Kreise die Wörter im Wort ein.

Kaffeetasse Fischerei Gemeinschaft Autopflege
Schwestern Trockenheit vorgelaufen Heißluftballon
Tomate Globus Knoblauch Angstschweiß



LE ▶ 2.2, 2.3
▶ Lesebuch, Seite 97, 98

# Fingerabdrücke

**1** Kreuze die richtigen Antworten an.

Wie nennt man die feinen Rillen an den Fingerspitzen?

○ Papallarlinien ○ Papillurlinien ○ Papillarlinien

Wie oft verändern sich diese Linien im Laufe eines Lebens?

○ jede zweite Woche ○ nie ○ einmal im Jahr

Wie muss die Oberfläche eines Gegenstandes sein, damit bei deren Berührung ein unsichtbarer Fingerabdruck zurückbleibt?

○ glatt ○ wellig ○ kalt

Welches Pulver streut der Detektiv auf einen Gegenstand, um den Fingerabdruck sichtbar zu machen?

○ grünes Pulver ○ schwarzes Pulver ○ rotes Pulver

● Wie nennt man die Identifizierung[1] von Personen mittels der Fingerabdrücke?

○ Daktyluskopie ○ Daktyloskopie ○ Diktyloskopie

Mit welchem Pulver können auch Hobbydetektive die Fingerabdrücke abnehmen und sichtbar machen?

○ Rußpulver ○ Waschpulver ○ Backpulver

[1] Identifizierung = eindeutiges Erkennen einer Person oder eines Gegenstandes

## Knifflige Kriminalfälle

**1** Zeichne eine Kriminalgeschichte in sechs Bildern auf und schreibe zu jedem Bild mindestens drei Stichwörter.
Achte auf eine Einleitung, einen Hauptteil mit Höhepunkt und einen Schluss in deiner Geschichte.
Überlege dir auch eine spannende Überschrift.

Überschrift: ______________________________



LE ▶ 3.6, 7.2
▶ Lesebuch, Seite 100

# Auf Spurensuche

1 Schreibe die erkannten Wörter auf die Zeilen.

S h e
c n e

S u e
p r n

E m t l n
r i t u g

D t k i
e e t v

A d ü k
b r c e

2 ● Lege jetzt selbst eine Spur.

## Reisewörter

Weltreise
Reiselust
Dienstreise
Reisewecker
Eisenbahnreise
Reiseprogramm
Gesellschaftsreise
Reisebekanntschaft
Geschäftsreise
Reisevertreter
Ferienreise
Reisegepäck
Luftreise
Reisegeld
Sommerreise
Reiseleiter
Auslandsreise
Reiseandenken
Vergnügungsreise
Reisegesellschaft
Studienreise
Reisernte
Traumreise
Reisefieber
Autoreise
Reiseweg
Winterreise
Reisedecke
Seniorenreise
Reisebegleiter
Erkundungsreise

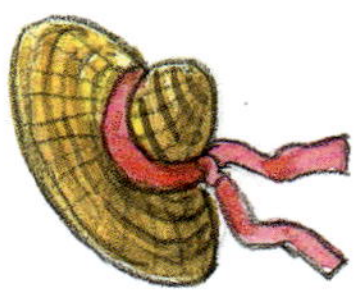

Reiseverpflegung
Urlaubsreise
Reiseverkehr
Tagesreise
Reisekoffer
Badereise
Reisezeit
Durchreise
Reiseführer
Hochzeitsreise
Reisegefährte
Entdeckungsreise
Reisebeschreibung
Abenteuerreise
Reisetagebuch
Besuchsreise
Reisewetter
Lustreise
Reisepass
Schiffsreise
Reisebüro
Vortragsreise
Reisetasche
Forschungsreise
Reiseabenteuer
Erholungsreise
Reiselektüre
Teepreise
Reisebericht
Rundreise
Reiseziel

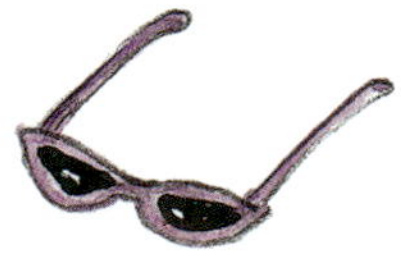

Tilde Michels

1 Zwei Wörter passen nicht zu den anderen Wörtern.
Schreibe sie auf.

______________________________________________

# Bauernregeln

1 Welche der Regeln gefällt dir am besten?

Springt ein Schwein vom Trampolin,
ist bald Ferienbeginn.

Schläft ein Schaf im Wäscheschrank,
habt ihr schulfrei. Gott sei Dank!

Was genießt die Leseratte?
Den Sommer in der Hängematte!

Gerda Anger-Schmidt

2 Schreibe deine eigene Bauernregel für den Sommer und zeichne ein Bild dazu.

______________________________

______________________________

______________________________

______________________________

## Jetzt sind bald Ferien

1 Was möchtest du in den Ferien machen? Kreise ein.

2 Worauf freust du dich noch? Schreibe auf die Sonnenstrahlen.

ins Schwimmbad gehen segeln wandern Eis essen lernen ein gutes Buch lesen fernschauen im Park spielen auf eine Wespe steigen das Kinderzimmer aufräumen Rad fahren im Meer oder in einem See schwimmen Zeit mit der Familie verbringen Tagebuch schreiben Freunde und Freundinnen treffen früh schlafen gehen zu Oma und Opa fahren faulenzen ins Kino gehen spät aufstehen tauchen das 1x1 üben ...



LE ▶ 2.2
▶ Lesebuch, Seite 106

# Wolkenbilder

1 Lies die Geschichte „Wolkenbilder“ zuerst im Lesebuch und danach auf dieser Seite trotz der Wolken flüssig vor.

Eva, und Papa mitten in einer Wiese und schauen den Wolken zu.
„Ich sehe eine !“, ruft Eva. „Und ich einen Tretroller“, Mama.
„, ich sehe ihn auch“, sagt Papa. „Und ... und jetzt fährt die Kuh auf dem Tretroller.“ Eva lacht. „Aber sie . Pass auf!“ „Zu spät“, sagt Mama.
„Jetzt ist sie gestürzt ... Und zu einer riesigen Brezel geworden.“ verschließt verträumt die Augen. „Brezel“, murmelt er und schnuppert in die Luft. „Hm, wie das duftet! Riecht ihr es ?“ Eva und Mama schnuppern wie zwei auf Spurensuche. „Ich rieche ... rieche Brötchen ... nein, Apfelkuchen“, sagt Mama und leckt sich die Lippen.
„Und ich hab jetzt Hunger“, sagt .
Hätten sie doch bloß ein Picknick mitgenommen!

Manfred Mai

2 Erkennst du die Wolkenbilder? Schreibe die „Wolkenwörter“ auf die Zeilen.

# Das Gewitter

1 Lies dir das Gedicht „Das Gewitter“ im Lesebuch gut durch und schreibe die passenden Wörter auf die Linien.

„Gleich geht es los!“, sagten im Kaufhaus ________________
drei Tanten und rannten heim, so schnell sie ________________
Da fuhr ein Blitz mit helllichtem ________________,
zickzack, blitzschnell in einen Alleebaum ________________.
Und ein Donner schmetterte ________________,
als würden dreißig ________________
auf Kommando ________________,
um die Welt zu ________________.
Alle Katzen in der Stadt
verkrochen sich in die allerhintersten ________________.
Doch jetzt ging ein Platzregen ________________!
Die Stadt war ________________
nur noch ein einziger ________________.
Wildbäche waren die ________________.
Plötzlich war alles vorüber. Die Sonne kam ________________
und blickte vergnügt auf die Dächer, die ________________.

Josef Guggenmos

# Über den Wolken

1 Kannst du die „Kondensstreifen-Wörter“ lesen?

2 Schreibe die Wörter auf.

# Lexikon für Lesedetektive

**Anleitung** In einer Anleitung wird Schritt für Schritt erklärt, wie eine Tätigkeit ausgeführt werden soll. Die Zutaten oder Bestandteile werden genau benannt. Beispiele sind ein Rezept oder eine Bastelanleitung.

Welche Zutaten brauchst du für das Bratapfel-Rezept auf Seite 41 im Lesebuch nicht? Streiche sie durch.

Äpfel Rosinen Reis Himbeersaft Öl
Butter Nüsse Pfeffer Honig Zimt

**Autor/Autorin** Autoren und Autorinnen denken sich Geschichten und Gedichte aus und schreiben sie auf. Den Namen der Autorin oder des Autors findest du unter dem Text oder dem Buchtitel.

Wie heißt die Autorin der Geschichte „Die kleine Hexe Nudelzopf"? Schau im Lesebuch auf Seite 31 nach.

___

**Comic** Ein Comic erzählt dir eine meist komische Geschichte in einem oder mehreren Bildstreifen. Was die Personen tun, zeigen die Bilder; was sie sprechen und denken, steht in Sprech- und Denkblasen.

Welche Comicfigur spielt im Lesebuch auf den Seiten 92 und 93 die Hauptrolle?

___

**Fabel** Eine Fabel ist eine Geschichte, in der Tiere die Hauptrollen spielen. Sie können wie Menschen handeln und sprechen. Aus ihrem Verhalten kannst du etwas lernen. Am Schluss einer Fabel steht oft ein zusammenfassender Satz, die „Moral" der Geschichte.

Wie lautet die „Moral" der Fabel „Die zwei Frösche" auf Seite 7 im Lesetraining?

___

___

**Gedicht** Die Gedichte in deinem Lesebuch erkennst du auf den ersten Blick an den Strophen und Versen. Die Zeilen reimen sich oft, es gibt aber auch viele Gedichte, die sich nicht reimen.

Setze die fehlenden Reimwörter des Gedichts „Die drei Spatzen" ein.
Den Text findest du im Lesebuch auf Seite 43.

**Die drei Spatzen**

In einem leeren Haselstrauch,
da sitzen drei Spatzen, Bauch an ______________.
Der Erich rechts und links der Franz
und mittendrin der freche ______________.

**Klappentext** Wenn Bücher einen Schutzumschlag haben, dann findest du auf der nach innen gefalteten Klappe einen kurzen Text. Der Klappentext will auf den Inhalt des Buches neugierig machen. Bücher ohne Schutzumschlag haben den Klappentext auf der Rückseite.

Lies den folgenden Klappentext. Um welches Buch könnte es sich handeln?

Wie konnte das nur passieren? Nicks Klassenlehrerin wurde entführt! Aber es kommt noch schlimmer, am nächsten Tag verschwindet auch noch der bei allen Kindern beliebte Schulwart. Nick, Matilda und Emil begeben sich auf Spurensuche …

- ◯ Sachbuch
- ◯ Liebesgeschichte
- ◯ Krimi
- ◯ Märchenbuch

**Märchen** „Es war einmal …" – Mit diesen Worten beginnen viele Märchen. Früher haben sich die Menschen die Märchen erzählt. Später wurden sie aufgeschrieben, wie zum Beispiel von den Gebrüdern Grimm, die Volksmärchen sammelten. Hans Christian Andersen und Ludwig Bechstein dachten sich selbst Märchen aus, sogenannte Kunstmärchen.

Welche Märchen kennst du? ______________________________

______________________________________________

**Medien** Das sind alle Mittel, um Nachrichten, Informationen, Meinungen und Unterhaltungen durch Worte, Bilder und Töne zu verbreiten. Es gibt viele verschiedene Medien: Bücher, Fotos, Internet, Theater, Fernsehen ...

Welche Medien verwendest du? Kreuze an.

- ◯ Bücher
- ◯ Fernsehen
- ◯ Theater
- ◯ Internet

- ◯ Zeitschriften
- ◯ Film / Kino
- ◯ CD
- ◯ Mobiltelefon (Handy)

**Pointe** Das Wort Pointe kommt vom französischen Wort „point“ (= Punkt) und ist das Ende einer Geschichte. Meist kannst du über diesen Schluss staunen oder lachen, weil er überraschend oder lustig ist. Auch ein Witz hat eine Pointe.

Lies dir die Witze im Lesebuch auf Seite 8 durch und ergänze die fehlende Pointe.

Als Fritz zu spät zur Schule kommt, fragt der Lehrer:
„Warum bist du zu spät?“ Darauf Fritz:

______________________________

**Sachtext** In einem Sachtext geht es meistens um ein bestimmtes Thema, wie zum Beispiel Technik, Natur, Kunst oder Geschichte. Sachbücher enthalten viele Informationen und oft auch Bilder.

**Tagebuch** Manche Menschen schreiben täglich in einem Heft oder Buch mit unbedruckten Seiten auf, was sie erlebt haben oder was ihnen wichtig war. In der Regel soll kein anderer dieses Tagebuch lesen.

Schreibe auf, was du heute erlebt hast.

______________________________

______________________________

______________________________

**Vers** Eine Zeile eines Gedichts wird Vers genannt. Verse können sich zu Abschnitten gliedern, die man wiederum als Strophen bezeichnet.

Aus wie vielen Strophen und Versen besteht das Gedicht „Die Zeit" im Lesebuch auf Seite 80?

______ Strophen ______ Verse

**Werbung** Die Werbung macht Menschen auf etwas aufmerksam. Sie sollen etwas kaufen oder etwas tun. Werbung will bei uns das Gefühl erwecken: „Das will ich auch haben oder machen." Viele Medien transportieren Werbung, zum Beispiel Plakate, Zeitungen, Radio und Fernsehen oder das Internet.

**Witz** Eine kurze ausgedachte Geschichte hat einen unerwarteten, überraschenden Schluss. Wenn du darüber lachen musst, ist es meistens ein Witz.

Lies den folgenden Witz deiner Freundin oder deinem Freund vor.
Bringst du sie oder ihn zum Lachen?

Treffen sich zwei Hühner. Sagt das eine: „Kikeriki!"
Sagt das andere: „Wuff, wuff!" – „Wieso bellst du denn?"
„Heutzutage muss man Fremdsprachen können."

**Zeitung / Zeitschrift** Eine Zeitung ist eine Informationsquelle, die gedruckt wird. Sie erscheint meist täglich und berichtet über alles, was aktuell ist: Sport, Politik, Unfälle, Wirtschaft, Veranstaltungen, Wichtiges aus der Stadt, in der du lebst, und vieles mehr. Eine Zeitschrift hingegen will dich ganz gezielt informieren, beispielsweise über Fußball, Musik oder Mode. Sie erscheint meistens einmal in der Woche oder zweimal im Monat. Es gibt auch Zeitschriften speziell für Kinder.

Welche Zeitungen oder Zeitschriften lest ihr zu Hause?

______________________________

______________________________

# Mein Bücherregal

1 Fülle dein Bücherregal. Wie viele Sterne bekommt das Buch?

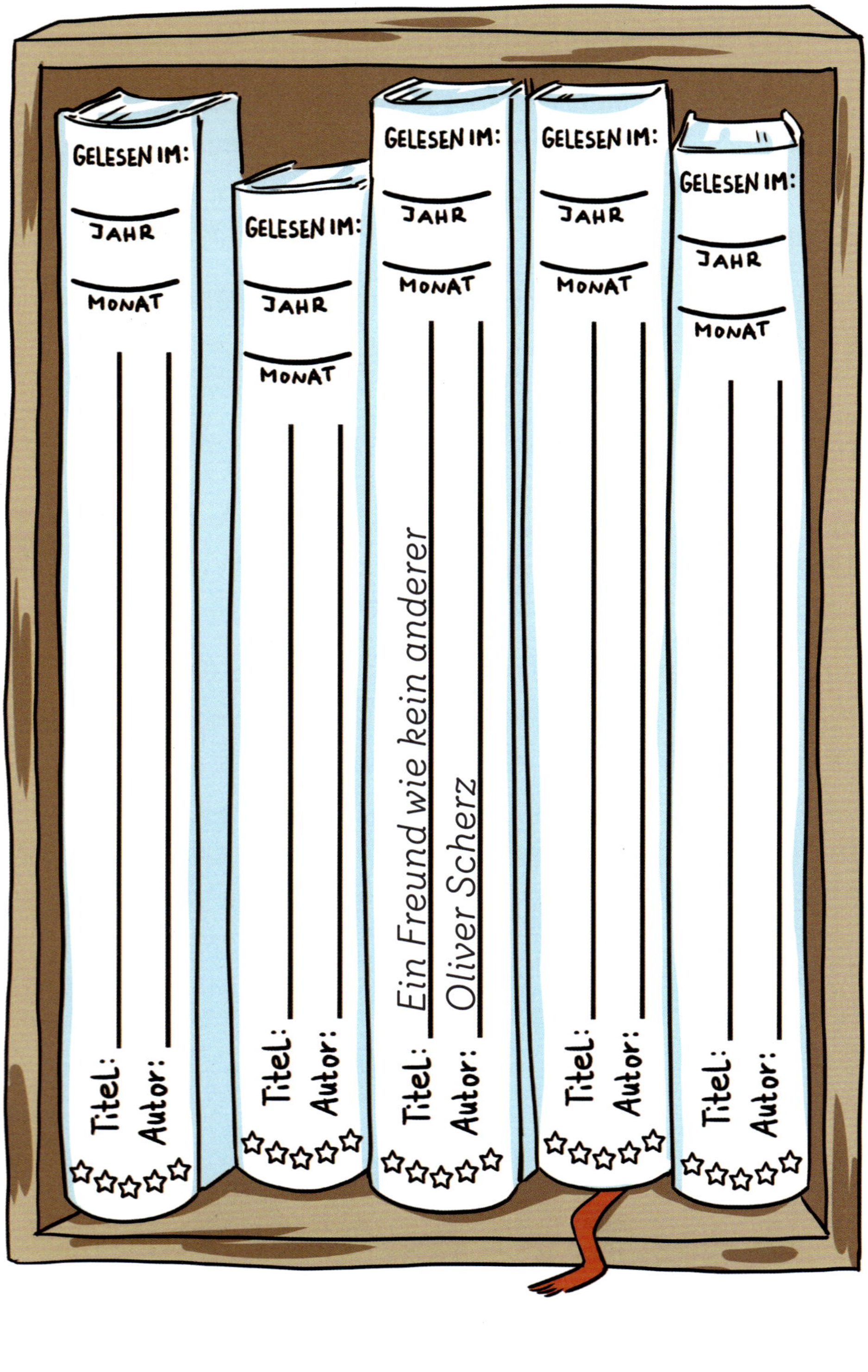

Pamela Mandl
Sylvia Tesar

öbv

# Lasso Lesebuch

Lesespaß

www.oebv.at

# Inhalt


| | | |
|---|---|---|
| Dein Lesebuch kennen lernen | | S. 5 |
| ABC des Lesens | | S. 6–7 |

## Miteinander


| | | |
|---|---|---|
| Schulwitze | | S. 8 |
| Ausreden in der Schule | *Georg Bydlinski* | S. 9 |
| Mondkraterkuchen | | S. 10–11 |
| Bis 20 zählen | *Andrea Behnke* | S. 12 |
| Moritz nervt | *Christine Rettl* | S. 13–15 |

## Tierisches


| | | |
|---|---|---|
| Tierische Scherzfragen | | S. 16 |
| Ein Krosch und eine Fröte | *Walter Müller* | S. 17 |
| Ein Frosch war nicht immer ein Frosch | *Hans-Dieter Bunk* | S. 18 |
| Rekorde: Die schnellsten Landtiere | | S. 19 |
| Der Maulwurf | *Christine Rettl* | S. 20 |
| Die Maulwurfsjungen | | S. 21 |
| Warum sich Raben streiten | *Frantz Wittkamp* | S. 22 |
| Sprechen Tiere miteinander? | *Helga Hofmann, Ursula Kopp* | S. 23 |

## Mitternacht


| | | |
|---|---|---|
| Molly im Vampir-Internat | *Dagmar H. Mueller* | S. 24 |
| Der Flaschengeist | *Karolin Küntzel* | S. 25 |
| Gespensterbeschwörungsformel | *Christine Rettl* | S. 26 |
| Gespenstervertreibungsformel | *Christine Rettl* | S. 26 |
| Schlotterine von Unkenstein | *Marliese Arold* | S. 27 |
| Mitternacht und Gitterfenster | *Antonia Michaelis* | S. 28 |
| Geister kommt herbei! | *Michi Vogdt* | S. 29 |
| Die kleine Hexe Nudelzopf | *Friederike Wagner* | S. 30–31 |

## Bei uns und anderswo


| | | |
|---|---|---|
| Mamas neuer Freund | *Anke Wagner, Heike Herold* | S. 32–33 |
| Kinder dieser Welt | *Angela Weinhold* | S. 34 |
| Was spielen Kinder anderswo? | *Angela Weinhold* | S. 35 |
| Wer sind Zuwanderer und Geflüchtete? | *Ceri Roberts* | S. 36 |
| Nuris Brief aus Deutschland | *Andrea Karimé* | S. 37 |
| Das Nachrichtenband | *Frieder Stöckle* | S. 38–39 |

## Was der Winter bringt


| | | |
|---|---|---|
| Die verschwundenen Bratäpfel | *Annette Amrhein* | S. 40 |
| Bratapfel-Rezept | *Elisabeth Gerich* | S. 41 |
| Die Geschichte vom beschenkten Nikolaus | *Alfons Schweiggert* | S. 42 |
| Die drei Spatzen | *Christian Morgenstern* | S. 43 |
| Schneeflocken aus weißem Papier | | S. 44 |
| Mein Weihnachtsfest mit einer großen Familie | *Christine Rettl* | S. 45–46 |
| Gregs Dankesbriefe | *Jeff Kinney* | S. 47 |

## Märchen und Sagen


| | | |
|---|---|---|
| Die Bremer Stadtmusikanten | *Manfred Hausmann* | S. 48–49 |
| Prinzessinnen-Kodex | *Catrin Roher* | S. 50 |
| Der Rattenfänger von Korneuburg | | S. 51 |
| Wie der Erzberg entdeckt wurde | *Friedl Hofbauer* | S. 52–54 |
| (K)ein Märchen | *Elisabeth Steinkellner* | S. 55 |

## Wie ich mich fühle


| | | |
|---|---|---|
| So fühle ich mich wohl | *Christine Rettl* | S. 56–57 |
| Manchmal | *Claudia Höly* | S. 57 |
| Woher kommt die Liebe? | *Daniela Kulot* | S. 58 |
| Der Sprung | *Gunter Preuss* | S. 59–60 |
| Träume | *Christine Nöstlinger* | S. 61 |
| Warum Marie nicht gerne baden geht | *Christine Rettl* | S. 62–63 |

## Von Rittern und Drachen


| | | |
|---|---|---|
| Dû bist mîn | | S. 64 |
| So wurde man Ritter | *Mary Pope Osborne, Will Osborne* | S. 65 |
| Was machten die Mädchen? | *Friederike Peters* | S. 66 |
| Arme Ritter | *Friederike Peters* | S. 67 |
| Der geheimnisvolle Maulwurfstollen | *Nortrud Boge-Erli, Chris Boge* | S. 68–69 |
| Ein kleiner Einblick in die Drachologie | *Franz Sales Sklenitzka* | S. 70–71 |

## Erfinden und erforschen


| | | |
|---|---|---|
| Erfindungen | *Jürg Schubiger* | S. 72 |
| Bekannte Erfinder und Erfinderinnen | *Hans-Dieter Bunk, Margarete Mittermayr* | S. 73 |
| Lise Meitner – eine österreichische Wissenschaftlerin | *Monika Anzenberger* | S. 74 |
| Erfundene Erfinderinnen und Erfinder | *Hans-Dieter Bunk, Margarete Mittermayr* | S. 75 |
| Auf dem Patentamt | *Heinz Schmalenbach* | S. 76–77 |
| Der Traum vom Fliegen | *Andrea Böhm* | S. 78–79 |

## Wie die Zeit vergeht


| | | |
|---|---|---|
| Die Zeit | *Gerald Jatzek* | S. 80 |
| Wie im Flug | *Franz-Joseph Huainigg* | S. 81 |
| Zeit-Wörter | *Max Kruse* | S. 82 |
| Theodor trödelt | *Rian Visser* | S. 83–84 |
| Wie Compton Valance zum mächtigsten Jungen des Universums wurde | *Matt Brown* | S. 85–86 |
| Rätsel | *Heinz Brand* | S. 87 |
| Tag und Nacht | | S. 87 |

## Medien


| | | |
|---|---|---|
| Was ist das Internet genau? | *Jan Holleben, Jane Baer-Krause, Kristine Kretschmer* | S. 88 |
| Was das Internet alles kann | *Thomas Feibel* | S. 89 |
| Betthupferl | *Hans Manz* | S. 90 |
| Immer on? | *Katrin Hörnlein* | S. 91 |
| Die Comic-Maus | *Gianni Rodari* | S. 92–93 |
| Ein gutes Buch | *Eoin Colfer* | S. 94–95 |

## Krimizeit


| | | |
|---|---|---|
| Aufgaben eines Detektivs | *Insa Bauer* | S. 96 |
| Die verdächtige Villa | *Helga Talke* | S. 97–98 |
| Fingerabdrücke | *Erich Ballinger* | S. 99 |
| Knifflige Kriminalfälle für scharfsinnige Spürnasen | *Corinna Harder* | S. 100 |
| Irren ist menschlich | *Martin Widmark* | S. 101–102 |
| Auflösungen: knifflige Kriminalfälle | *Corinna Harder* | S. 103 |

## Endlich Sommer


| | | |
|---|---|---|
| Pippa verreist | *Charlotte Habersack* | S. 104 |
| Zungenbrecher | *Gerda Anger-Schmidt* | S. 105 |
| Countdown | *Gerda Anger-Schmidt* | S. 105 |
| Jenseits der großen Sümpfe | *Erwin Moser* | S. 106 |
| Wolkenbilder | *Manfred Mai* | S. 107 |
| Vor dem Gewitter | *Georg Bydlinski* | S. 107 |
| Das Gewitter | *Josef Guggenmos* | S. 108 |
| Über den Wolken | *Dagmar Chidolue* | S. 109 |
| Wundersame Muschel | *Claudia Scholl* | S. 110 |

## 13 Kapitel

Jedes Kapitel hält spannende Lesetexte zu einem Thema bereit.

## Leseprofis

Manchmal gibt es Geschichten oder Gedichte, die Textabschnitte in türkiser Schrift enthalten. Leseprofis lesen den ganzen Text, wer noch nicht ganz so sicher liest, kann nur die schwarzen Textstellen lesen.

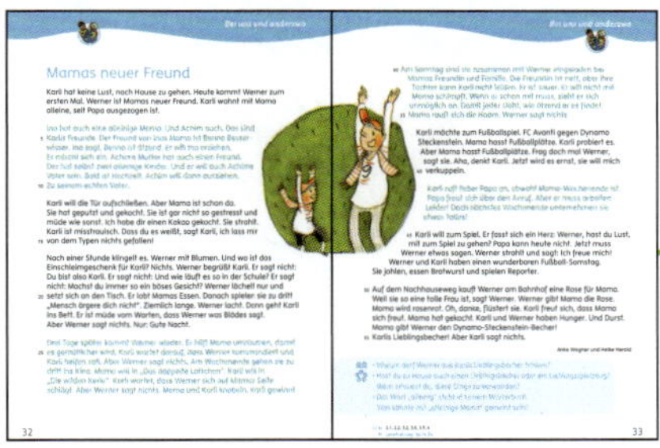

## Lesetipps

Auf den Seiten 6 und 7 erhältst du Tipps, die dir beim Lesen und Verstehen von Texten helfen können. Wo du diese Tipps zum Beispiel anwenden kannst, zeigen dir die Fähnchen-Symbole neben den Lesetexten.

## Arbeitsaufträge

Arbeitet zu zweit.

Arbeitet in Gruppen.

Schau im ABC des Lesens nach.

## 1 Über das Thema nachdenken

vor dem Lesen

Mache dir vor dem Lesen Gedanken zum Inhalt des Textes. Schreibe einige Stichwörter auf.

- Was weißt du schon zu dem Thema?
- Hast du schon andere Texte dazu gelesen?

## 2 Wichtiges unterstreichen

während des Lesens

Lies den Text.
Dann lies den Text noch einmal Abschnitt für Abschnitt. Überlege, was wichtig ist, und unterstreiche diese Textstellen.

## Fragen stellen

nach dem Lesen

Stelle Fragen zu einem Text.
So kannst du herausfinden, ob du ihn gut verstanden hast.

- Wer kommt in der Geschichte vor?
- Wo und wann spielt die Geschichte?
- Was passiert?
- Was machen die Figuren?
- Warum handeln sie so?
- Wie fühlen sie sich?

## Einen Text vortragen

nach dem Lesen

Lies den Text zuerst mehrmals leise.
Beim Vortrag sprich laut und deutlich.

- Welche Stimmung passt zu dem Text?
- Welche Stellen willst du besonders betonen?
- Wo machst du kurze Pausen?

# Schulwitze

Als Fritz zu spät zur Schule kommt, fragt der Lehrer: „Warum bist du zu spät?“ Darauf Fritz: „Mein Wecker klingelt immer dann, wenn ich noch schlafe.“

Der Lehrer fragt den neuen Schüler: „Wo kommst du her?“
„Großbritannien, Sir.“
„Welcher Teil?“
„Mein ganzer Körper!“

Der Lehrer weiht seine Klasse in die Geheimnisse des Rechnens ein: „Es gibt Millimeter, Zentimeter, Quadratmeter und …“
„Elfmeter!“, schreit Lukas dazwischen.

Auf dem Heimweg von der Schule unterhalten sich drei Freunde und überlegen, was sie denn am Nachmittag noch machen könnten. Einer hat eine Idee: „Wir werfen eine Münze. Bei Zahl gehen wir Fußball spielen, bei Kopf gehen wir ins Hallenbad.“
„Gute Idee“, stimmen die anderen beiden zu.
„Und wenn die Münze auf der Kante stehen bleibt, machen wir Hausaufgaben.“



LE ▶ 1.1, 1.2, 2.1, 2.2, 3.7, 4.1, 5.1, 7.1

▶ Lesetraining, Seite 9

# Ausreden in der Schule

*Anna:*
Frau Lehrerin, ich kann nichts dafür.
Es war verflixt – glauben Sie mir:
Mein Wecker hat verschlafen!
Ich werde ihn bestrafen.

*Paul:*
Beim Warten auf die Straßenbahn
biss mich ein wilder Löwenzahn.
Das hat vielleicht wehgetan!
Deshalb bin ich später dran.

*Ida:*
An der Haltestelle vom Bus
trat mir ein Hydrant auf den Fuß.
Der Knöchel ist gleich angeschwollen.
Wie hätt ich schneller gehen sollen?

*Peter:*
Im Stadtpark flog mir ein Geier ins Ohr
und riss mich zwanzig Meter empor,
sodass ich beide Schuhe verlor.
Ich verspreche, es kommt nicht mehr vor!

*Lehrerin:*
Liebe Kinder, ich glaub euch zwar nicht.
Aber nun zum Sachunterricht.
Wer kann mir sagen: Wie groß und wie schwer
ist ein aufgebundener Bär?

Georg Bydlinski

- Da haben sich die Kinder aber witzige Ausreden einfallen lassen. Habt ihr auch welche parat? Schreibt sie auf.

LE ▶ 2.1, 2.2, 3.7, 4.1
▶ Lesetraining, Seite 10

# Mondkraterkuchen

„Ich weiß gar nicht, mit wem ich spielen soll!“, quengelt Bert. Er sitzt ganz allein auf dem bunten Teppich in seinem neuen Kinderzimmer und schiebt missmutig die Legosteine hin und her. Erst vor ein paar Tagen ist er mit seiner Mutter aus dem Dorf in die Stadt gezogen. Die U-Bahn mit den langen Rolltreppen, die Doppeldeckerbusse und die Rutschen im Park findet er toll. Doch seine Freunde vermisst er sehr.

Bert schnuppert. Riecht es da etwa nach frisch gebackenem Kuchen? Schnell läuft er in die Küche. Mama streut gerade Staubzucker über den Gugelhupf. „Der erste Mondkraterkuchen in der neuen Wohnung“, sagt sie stolz. „Ist er nicht gut gelungen?“ Bert nickt. Schon seit er klein ist, nennt er den Gugelhupf Mondkraterkuchen, weil er ihn mit dem Ring und dem Loch in der Mitte an einen Mondkrater erinnert.

Normalerweise freut sich Bert immer, wenn Mama gebacken hat. Doch heute fragt er nur traurig: „Mit wem soll ich denn jetzt spielen, Mama?“ Die überlegt. „Gestern habe ich zwei Kinder aus der Wohnung im dritten Stock kommen sehen“, sagt sie. „Sie sind wohl so alt wie du. Lade sie doch einfach zum Kuchenessen ein. Jetzt gleich!“ „Ich? Nee, Mama, mach du das lieber“, zögert Bert und fügt ängstlich hinzu: „Ich weiß doch gar nicht, was ich sagen soll.“

„Weißt du was, das probieren wir gleich mal aus. Du tust so, als würdest du klingeln, und ich mach die Tür auf.“ „Das ist doch blöd“, meint Bert und bleibt einfach auf dem Stuhl sitzen. Aber Mama lässt sich nicht beirren. „Na gut, dann spiele ich das eben alleine“, sagt sie und tut so, als würde sie klingeln. „Ding dong!

– Hallo!

– Hallo!

– Bist du der Neue bei uns im Haus?

– Ja, ich bin Bert. Kommt ihr mit mir zum Mond?

– Wie bitte?

– Meine Mutter hat gerade einen Mondkraterkuchen gebacken und ich wollte euch zum Kuchenessen einladen.

– Mmh, lecker!“

Bert muss laut über seine Mutter lachen. Auf einmal findet er es gar nicht mehr so schwer, zu der Wohnung im dritten Stock zu gehen. Aber Mama soll oben im Stiegenhaus stehen bleiben und warten.

Bert klingelt an der fremden Wohnungstür. Sein Herz klopft laut. Doch im nächsten Moment steht er einem Mädchen und einem Jungen gegenüber. „Hallo!“, sagen die Kinder, und sie fragen tatsächlich genauso, wie Mama es gesagt hat: „Bist du der Neue bei uns im Haus?“ Bert nickt. „Bei uns gibt es Mondkraterkuchen“, sagt er, „wenn ihr wollt, könnt ihr ihn mit uns essen.“

„Mondkraterkuchen? Echt toll!“, meint das Mädchen. „Dürfen wir Goldi mitbringen? Das ist unser Meerschweinchen. Willst du’s mal sehen?“, fragt der Junge. Bert nickt. Die Kinder nehmen ihn gleich mit ins Kinderzimmer. „Wie heißt du eigentlich?“, fragt das Mädchen, als diese Bert das kleine Tier auf den Arm setzt. „Bert“, antwortet er. „Und wir sind Isa und Florian“, sagt sie.

Bert fühlt das Herz von Goldi schlagen. „Du brauchst keine Angst vor mir zu haben“, flüstert er und streichelt Goldis Fell. Schließlich hat er auch keine Angst mehr vor den Kindern. Zusammen hüpfen die drei die Treppe hinauf in Berts Wohnung, wo der Mondkraterkuchen schon auf sie wartet.

• Wieso ist es häufig nicht so einfach, nach einem Umzug neue Freunde und Freundinnen zu finden?

# Bis 20 zählen

Für dieses Spiel stellen sich alle Kinder in einem Kreis auf und schließen die Augen. Jedes Kind spürt mit verschlossenen Augen, wo es steht und wer neben ihm ist.

Ein Kind ist der Spielleiter oder die Spielleiterin und fängt an zu zählen: „Eins!"
Ohne Absprache und bestimmte Reihenfolge zählt ein anderes Kind weiter: „Zwei!" Dann das nächste Kind: „Drei!" – und so weiter.

Wenn zwei Kinder gleichzeitig sprechen, muss von vorne angefangen werden!

Ziel ist es, eine bestimmte Zahl zu erreichen – erst einmal die Zehn, nach einiger Übung die 20. Dieses Spiel muss oft geübt werden. Am Anfang ist es gar nicht so leicht zu erkennen, wann Raum für die eigene Wortmeldung ist.

Andrea Behnke (bearbeitet)

- Spielt das Spiel in der Klasse oder auch im Turnsaal. Lasst euch nicht entmutigen, wenn es nicht gleich klappt. Übung macht den Meister!



LE ▶ 2.1, 2.2, 3.2, 3.6, 3.7, 5.2

▶ Lesetraining, Seite 12

# Moritz nervt

„Der Regenwurm ist der beste Gärtner“, erzählt die Lehrerin im Sachunterricht. „Er lockert …“ – „die Erde auf!“, schreit Moritz dazwischen.
„Ja, und er …“ – „macht Humus“, unterbricht Moritz wieder.
„Es ist schön, dass du so viel weißt. Trotzdem solltest du mich erst ausreden lassen“, sagt die Lehrerin.
„Wer weiß, wovon sich der Regenwurm ernährt?“
Marie, ihre Freundin Sara und Paul heben die Hand.
„Bitte, Marie“, sagt die Lehrerin.
„Von abgestorbenen Pflanzenresten!“, platzt Moritz heraus.
„Das hätte ich auch gewusst“, ärgert sich Marie.
„Ich auch“, sagt Sara.
„Ich auch“, sagt Paul.
„Moritz, bitte warte, bis ich dich aufrufe!“

Moritz ist beleidigt. „Das erzähle ich alles meinem Papa“, nimmt er sich vor. „Der weiß alles und viel mehr als die Lehrerin.“
Außerdem ist er, Moritz, ein guter Schüler und sehr begabt.
Er kann sehr gut zeichnen und Geschichten schreiben.
Moritz spricht kein einziges Wort mehr, zumindest nicht in der nächsten Viertelstunde.
Stillsitzen kann er aber nicht. Schon gar nicht, wenn er beleidigt ist.
Erst rutscht er auf dem Sessel herum, dann beginnt er zu schaukeln.
Die Lehrerin zeichnet einen großen Regenwurm an die Tafel.
Moritz weiß noch viel mehr über dieses Tier, aber er darf ja nicht reden. Deshalb beginnt er fester zu schaukeln und noch fester.
Der Stuhl kippt nach hinten – kracks! – und Moritz ist umgefallen.
Zum Glück hat er sich nicht wehgetan.

Moritz steht auf und wird knallrot im Gesicht. „Gleich wird sie mit mir schimpfen“, denkt er. „Stell den Stuhl bitte hin“, sagt die Lehrerin. Sonst sagt sie gar nichts. Moritz gehorcht und wundert sich. Marie strahlt. Endlich kann sie zeigen, was sie gelernt hat. „Der Körper des Regenwurms besteht aus lauter kleinen Ringen, und wenn ihm ein Feind welche abbeißt …“ Jetzt hält es Moritz nicht mehr aus. Er springt hoch. „Dann wächst jeder Ring wieder nach“, rutscht es ihm heraus. Im selben Augenblick merkt er, dass sein Herausrufen falsch war. Am liebsten würde er es ungeschehen machen. Schon steht die Lehrerin vor ihm. „Setz dich und sei bitte still“, sagt sie streng. Einige Kinder grinsen. „Ich kann aber nicht still sein“, entgegnet er und schaut zufrieden in die Runde. „Setz dich und sei bitte still“, wiederholt die Lehrerin. Moritz erkennt an ihrem Tonfall, dass es besser ist, ihr zu gehorchen. „Bitte halte dich an unsere Regeln“, fügt sie hinzu. „Das ist eine blöde Schule!“ Zornig wirft Moritz sein Federpennal in die Schultasche. Er lässt sich auf den Stuhl fallen und beginnt zu heulen. „Welche Tiere ernähren sich hauptsächlich von Regenwürmern?“, fragt die Lehrerin. Der Fuchs, der Igel, der Dachs, der Maulwurf, die Amsel – Moritz könnte sie alle aufzählen, er darf es nicht. Deshalb heult er noch lauter.

„Darf ich aufs Klo gehen?“, ruft er nach vorne. Die Lehrerin nickt. Moritz schnäuzt sich heftig und geht hinaus.

„Er nervt“, klagt Marie.

„Der Moritz stört die ganze Klasse“, sagt Sara.

„Passt auf“, erklärt die Lehrerin. „Moritz ist sehr lieb und gescheit. Er ist nur ganz besonders lebhaft und schafft es nicht, so aufmerksam zu sein wie ihr. Wir alle müssen mit Moritz Geduld haben und ihm zeigen, dass wir ihn trotzdem mögen.“

„Ich mag ihn nicht“, sagt Leo.

„Wir auch nicht“, sagen Ali und Hannah.

„Schade. Vielleicht kann sich jemand mit ihm anfreunden. Das würde ihm bestimmt helfen“, sagt die Lehrerin.

Marie ist nachdenklich geworden. Sie will ihre Mama fragen, ob sie Moritz einmal zu sich nach Hause einladen darf. Da kommt er auch schon zurück in die Klasse. Er hat sich wieder beruhigt.

„Darf ich etwas zeichnen?“, bittet er.

Moritz zeichnet mit großem Eifer eine Schulklasse auf ein Zeichenblatt. Ein Storch ist die Lehrerin. Die Schulkinder sind alle Regenwürmer und sitzen brav auf ihren Sesseln. Ein Regenwurm schaukelt. „Das bin ich“, sagt Moritz und hält stolz die fertige Zeichnung hoch.

„Deine Zeichnung gefällt mir gut“, sagt die Lehrerin und hängt sie für alle sichtbar an die Wand.

Darüber freut Moritz sich sehr. Bis zum Läuten schafft er es sogar, weniger zu zappeln und die Hand zu heben, bevor er etwas sagt.

Christine Rettl

- Fällt es dir schwer, im Unterricht ruhig zu sitzen?
- Welche Regeln gelten in eurer Klasse?
- Lest den Text in verteilten Rollen.

LE ▶ 2.1, 2.2, 3.6, 3.7, 4, 7.2
▶ Lesetraining, Seite 13

# Tierische Scherzfragen

**Was ist schwarz-weiß und hüpft von Eisscholle zu Eisscholle?**

*Ein Springuin.*

**Wie bekommt man einen Elefanten in den Kühlschrank?**

*Tür auf, Elefant rein, Tür zu.*

**Was schwirrt durch die Luft und macht „mmus, mmus“?**

*Eine Biene, die rückwärts fliegt.*

**Was ist schwarz-weiß gestreift und kommt nicht vom Fleck?**

*Ein Klebra.*

**Was sagt die Schnecke, die auf dem Rücken einer Schildkröte sitzt?**

*Huiii!*

**Was macht 999-mal „klick“, aber nur einmal „klack“?**

*Ein Tausendfüßler mit einem Holzbein.*

**Woran erkennt man, dass ein Elefant im Kühlschrank war?**

*An den Fußspuren in der Butter.*

**Wie viele Beine hat ein Pferd?**

*Zwölf – zwei vorne, zwei hinten, zwei links, zwei rechts und an jeder Ecke noch eins.*



LE ▶ 1, 2, 4.2, 5.1, 6.1
▶ Lesetraining, Seite 14

4

# Ein Krosch und eine Fröte

Ein Krosch und eine Fröte
waren gestern bei mir
spielten Flavier und Klöte
von drei bis fünf nach vier
wir aßen Kurst und Wäse
und tranken Tilch und Mee
dann gingen wir noch schwimmen
in den Sade–Bee!

Ein Kau und eine Pfatze
gesellten sich dazu
ein Glann mit einer Matze
und auch ein Rängukuh
wir spielten Huchs und Fenne
und sangen „Klänschen hein"
dann tanzte ich Lambada
mit einem Schwachelstein!

Der Krosch und diese Fröte
die lachten laut „helau!"
das Rängukuh, die Pfatze
der Glann und auch der Kau
es war die tollste Party
ein riesiges Hallo
nur ich – ich zieh seit Stunden
die Pacheln aus dem Sto!

Walter Müller

LE ▶ 2, 5.1, 6.1
▶ Lesetraining, Seite 15

# Ein Frosch war nicht immer ein Frosch

Im Frühjahr legen die Frösche ihre Eier ab. Dafür suchen sie sich einen Teich. Manchmal müssen sie dazu eine Straße überqueren. Dann sind sie in großer Gefahr.

Aus den Eiern schlüpfen Kaulquappen. Sie schwimmen im Teich und fressen Algen und kleinste Wasserpflanzen. Anfangs sehen sie aus wie ein Kopf mit einem Schwanz. Zuerst bekommen sie Hinterbeine, dann Vorderbeine. Schließlich fällt der Schwanz ab. So entsteht ein kleiner Frosch.

Am Anfang passt er auf einen Fingernagel. Er hüpft an Land. Nun ist er ein Fleischfresser. Mit seiner Zunge fängt er Insekten. Oft springt er mit seinen langen Beinen hoch und fängt sie im Flug.

Frösche fühlen sich überall wohl, wo es feucht ist. Aber es gibt immer weniger Tümpel und Teiche. Deshalb sind auch Frösche selten geworden.

Hans-Dieter Bunk

# Rekorde: Die schnellsten Landtiere

Der Gepard flitzt mit einer unglaublichen Geschwindigkeit von 110 km/h durch die Savanne. Und das Rote Riesenkänguru hüpft mit 88 km/h durch Australien. Welche Tiere sind noch schnell?

**Kurzstrecke und Langstrecke**

Alle Höchstgeschwindigkeiten gelten für kurze Strecken, z. B. auf der Jagd oder auf der Flucht. Nur der mexikanische Gabelbock schafft es tatsächlich, 88 km/h auf einer längeren Strecke durchzuhalten. Der Eisbär ist übrigens an Land wesentlich schneller als im Wasser. Während er nur mit etwa 10 km/h schwimmt, sprintet er an Land stolze 40 km/h.

**Und wie schnell ist der Mensch?**

Der schnellste Mensch ist derzeit der Sprinter Usain Bolt aus Jamaika. Sein Rekordtempo: 37,5 km/h auf 100 m Sprint. Doch selbst er hätte auf der Flucht vor einem Flusspferd oder einem Nashorn keine Chance.

| Tier | Ordnung | Geschwindigkeit |
|---|---|---|
| Gepard | Raubtier | 110 km/h |
| Mexikanischer Gabelbock | Paarhufer | 88 km/h |
| Rotes Riesenkänguru | Diprotodontia | 88 km/h |
| Strauß | Laufvogel | 72 km/h |
| Windhund | Raubtier | 70 km/h |
| Feldhase | Hasenartige | 70 km/h |
| Zebra | Unpaarhufer | 60 km/h |
| Löwe | Raubtier | 55 km/h |
| Flusspferd | Paarhufer | 50 km/h |
| Nashorn | Unpaarhufer | 50 km/h |
| Eisbär | Raubtier | 40 km/h |

LE ▶ 2.1, 2.2, 3.4, 3.5, 4.2, 6

▶ Lesetraining, Seite 17

# Der Maulwurf

**Steckbrief:**
Der Maulwurf gehört zu den Säugetieren.

| | |
|---|---|
| **Körperlänge:** | 13–16 cm |
| **Farbe:** | schwarz |
| **Lebensraum:** | unter Wiesen, nachts auch im Freien |
| **Besondere Merkmale:** | samtiger Pelz, spitze rosa Schnauze mit Tasthaaren, Vorderpfoten mit langen kräftigen Grabekrallen |
| **Eigenschaft:** | ungeselliger Einzelgänger |
| **Nahrung:** | Engerlinge, Schnecken, Regenwürmer, Asseln, sogar kleine Ringelnattern und Wühlmäuse Nachts jagt der Maulwurf auch gerne im Freien. |
| **Fortpflanzung:** | April bis Juli bringt das Weibchen 4 bis 5 bohnengroße nackte, blinde Junge zur Welt. |
| **Lebensweise:** | Der Maulwurf lebt vorwiegend unter der Erde, gräbt weit verzweigte Gänge, täglich bis zu 20 m, ca. 20 – 60 cm tief, und wirft beim Tunnelgraben unzählige Erdhügel auf. Daher ist er in Gärten oft unbeliebt. Er muss ständig fressen, stirbt, wenn er ein paar Stunden lang keine Nahrung aufnimmt. Seine Tasthaare nehmen kleinste Erschütterungen wahr und warnen ihn vor Gefahren. Er kann seine Ohren durch Hautfalten verschließen, seine winzigen Augen sind im Pelz verborgen. |
| **Alter:** | 2 – 4 Jahre |
| **Feinde:** | Waldkauz, Schleiereule, Fuchs, Marder, Dachs, Wildschwein, Bussard, Uhu, Weißstorch |
| **Verwandte:** | Wassermaulwürfe, Sternmull |

Christine Rettl

# Die Maulwurfsjungen

Maulwürfe sind Einzelgänger. Sie kommen nur für die Fortpflanzung zusammen. Einen Monat später werden die Maulwurfsjungen geboren. Die Höhle ist mit Moos, Laub und Gras gemütlich ausgepolstert. Groß genug für vier bis fünf Junge.

Sechs Wochen lang werden die Kleinen von der Mutter gesäugt. Sie sind anfangs nur so groß wie eine Bohne.

Die Kleinen sind nackt und rosarot. Ihre Augen sind noch geschlossen. Aber das Wichtigste haben sie schon: ihre Pfoten zum Graben. Trinken und wachsen ist anstrengend. Daher müssen die Kleinen viel schlafen.

Fast acht Wochen lang kümmert sich die Maulwurfsmutter um ihre Babys. Dann verlassen die Jungen den Bau. Sie graben ihre eigenen Gänge und beginnen so ein neues Maulwurfsleben.

# Unglaublich!

- Das Gangsystem eines Maulwurfs ist ungefähr 200 Meter lang.
- Bekommt ein Maulwurf länger als zehn Stunden nichts zu fressen, ist sein Leben in Gefahr.
- Maulwürfe halten keinen Winterschlaf. In der kalten Jahreszeit leben sie von Regenwürmern, die sie in ihrer Nestkammer gesammelt haben.
- Ein Maulwurf hat großen Appetit. Er futtert ungefähr zwei Kilogramm Fleisch im Monat.
- Wird ein Hügel von Menschen zerstört, so repariert der Maulwurf ihn immer wieder.
- Der Maulwurf kann etwa 20 cm in der Minute graben.

# Warum sich Raben streiten

Weißt du, warum sich Raben streiten?
Um Würmer und Körner und Kleinigkeiten,

um Schneckenhäuser und Blätter und Blumen
und Kuchenkrümel und Käsekrumen

und darum, wer recht hat und unrecht, und dann
auch darum, wer schöner singen kann.

Mitunter streiten sich Raben wie toll
darum, wer was tun und lassen soll,

und darum, wer Erster ist, Letzter und Zweiter
und Dritter und Vierter und so weiter.

Raben streiten um jeden Mist.
Und wenn der Streit mal zu Ende ist,

weißt du, was Raben dann sagen?
Komm, wir wollen uns wieder vertragen!

Frantz Wittkamp


LE ► 2.1, 2.2, 5.1, 6
► Lesetraining, Seite 19

# Sprechen Tiere miteinander?

Eine Sprache mit Wörtern und Sätzen haben nur wir Menschen. Die Tiere aber bringen vielerlei Laute und Rufe hervor, und viele Tierarten verständigen sich sogar durch Zeichen. So können sie einander ihre Stimmung und Absicht ebenso gut mitteilen wie mit Worten.

Besonders deutlich können wir diese Zeichensprache beim Hund beobachten. Er hat sie von seinem wilden Vorfahren, dem Wolf, geerbt. Ein starker Wolf, der sich seiner Sache sicher ist, hält den Kopf hoch erhoben, die Ohren gespitzt und den Schwanz nach oben gestreckt. Ein Wolf, der Angst hat, duckt sich, legt die Ohren flach an und zieht seinen Schwanz ein. Damit deutet er dem anderen an, dass er ihn als den Stärkeren anerkennt.

Tiere, die ein festes Wohngebiet haben, setzen oft Signale durch Duftstoffe an Bäume oder Steine. Sie teilen damit ihren Nachbarn mit, wo die Grenze ihres Grundbesitzes ist. Ein Singvogel, der auf einem Ast sitzt und lauthals ein Lied zwitschert, sagt seinen Vogelnachbarn, dass nur er mit seiner Familie hier wohnt.

Helga Hofmann und Ursula Kopp

• Überlegt euch, welche Überschrift vor welchen Absatz des Textes passt:
Zeichen zur Markierung des eigenen Reviers
Auch Tiere haben eine Sprache
Zeichensprache bei Hund und Wolf

# Molly im Vampir-Internat

Die ganze Pause kann ich nicht aufhören zu kichern, genauso wie der Rest unserer Klasse. Erst als wir in die nächste Stunde flattern – Vampirgeschichte bei Frau Dr. vom Hochmoor – beruhigen wir uns wieder.

Oh, wie anders Frau Dr. vom Hochmoor ist! Ich schätze, bei der würde sich nicht mal Vinni trauen, Blödsinn zu machen!

Ich sitze so brav und unauffällig hinter meinem Pult[1], wie ich nur kann. Schließlich habe ich gerade beschlossen, eine vorbildliche Schülerin zu werden.

Leider muss man dafür wohl nicht nur still sein, sondern auch zuhören. Das finde ich schon deutlich schwieriger. Wen interessiert schon, wer im zwölften Jahrhundert wen gebissen hat und warum?

Doch Frau Dr. vom Hochmoor scheint auch die zeckenzickigste Kleinigkeit erwähnenswert zu finden. Kein Wunder, diese Vampire aus dem zwölften Jahrhundert kannte sie bestimmt alle persönlich! Es ist natürlich ziemlich aufregend, sich vorzustellen, schon so lange zu leben! Ich meine, alles mit eigenen Augen gesehen zu haben! Alle Jahrhunderte!

Zum Beispiel, wie die Tagmenschen so lange versuchten, die Vampire zu vernichten. Auf ganz gruselig grausame Arten. Und wie dann zum Glück alle irgendwann doch lernten, in Frieden miteinander zu leben.

„Molly von Zackenzahn? Träumst du etwa schon in deiner ersten Stunde bei mir?“ Oh je! Frau Dr. vom Hochmoor steht mit hochgezogenen Augenbrauen vor mir und guckt mit spitzem Mund und noch spitzeren Fangzähnen zu mir runter. „Aber NEIN!“, versichere ich eilig. „Ich höre genau zu!“ (Worüber zum zickigen Zeckenbiss hat sie bloß gerade geredet?) Frau Dr. vom Hochmoor zieht die rechte Augenbraue noch ein Stückchen höher, doch sie scheint mir zu glauben. Als sie wieder nach vorne geht, atme ich erleichtert aus. Noch mal gut gegangen!

[1] Pult = Tisch mit schräger Fläche

Dagmar H. Mueller (gekürzt)


LE ▶ 2.1, 2.2, 3, 4
▶ **Lesetraining, Seite 20**

# Der Flaschengeist (Trick für Zauberanfänger)

Für den Trick benötigst du
eine leere Flasche
ein Geldstück

Das musst du vorbereiten
Lege die Flasche einige Zeit in den Kühlschrank. Sie muss richtig gut durchgekühlt sein.

So führst du den Trick vor

1. Hole die Flasche erst unmittelbar vor dem Vorführen des Zaubertricks aus dem Kühlschrank.

2. Feuchte den Flaschenrand mit ein wenig Spucke an und lege die Münze darauf. Erzähle währenddessen, dass die Flasche von einem Geist bewohnt wird. Da dieser sehr freiheitsliebend ist, mag er es nicht, wenn die Öffnung abgedeckt ist, und wehrt sich dagegen.

3. Schließe deine Hände fest um den Flaschenhals, um die Luft im Inneren zu erwärmen. Das dauert eine Weile. Die Zeit überbrückst du mit einer etwas längeren Beschwörungsformel, damit deinen Zuschauern nicht langweilig wird: „Höre, großer Flaschengeist, ich, der Meister, rufe dich, schwöre, guter Geist der Flasche, nun erwache, nun erwache, mach die Münze wackelig!"

4. Ein paar Augenblicke später wird sich die Münze auf dem Flaschenhals bewegen.

Erklärung
Der Trick funktioniert, weil sich die Luft in der Flasche durch deine warmen Hände ausdehnt. Dadurch wird die Münze angehoben und bewegt.
Diese einfache physikalische Erklärung behältst du als Zauberer oder Zauberin natürlich für dich.

Karolin Küntzel (bearbeitet)

# Gespensterbeschwörungsformel

Hexenschmus
und Teufelszwirn!
Drachenmus
und Mückenhirn!

Gruselspruch
und Krötenhauch!
Geisterbuch
und Spinnenbauch!

Wüstes Zauberallerlei!
Kommt Gespenster –
kommt herbei!

Christine Rettl

# Gespenstervertreibungsformel

Mückenzwirn
und Hexenmus!
Teufelshirn
und Drachenschmus!

Spinnenhauch
und Gruselbuch!
Krötenbauch
und Geisterspruch!

Dreimal wüste Zauberlieder!
Fort, Gespenster –
schwindet wieder!

Christine Rettl



LE ▶ 1.1, 2.1, 2.2, 5.1, 6

▶ Lesetraining, Seite 21

# Schlotterine von Unkenstein

Schloss Unkenstein ist berühmt. Noch berühmter ist Schlotterine, die schlotternde Geister-Dame. Viele Leute kommen nur wegen Schlotterine. Aber Schlotterine hat Kummer. „Oh weh“, klagt sie. „Ich kann nicht mehr richtig schlottern! Was soll ich nur machen?“

Schlotterine versucht alles. Sie steckt sich Eiswürfel ins Kleid. Umsonst. Schlotterine zuckt nicht einmal zusammen.

Ritter Rauhaar bläst auf dem Kamm. Sonst bekommt Schlotterine davon immer eine Gänsehaut. Aber diesmal hilft es nicht.

Schlotterine klettert auf den höchsten Turm und schaut hinunter. Es kitzelt nur leicht im Bauch. Aber schlottern kann sie nicht.

Schlotterine ist ganz mutlos. „Ich muss doch zittern und schlottern!“, jammert sie. „Ich weiß, was dir fehlt“, sagt Ritter Rauhaar. „Du brauchst Ferien!“
„Genau!“, ruft Schlotterine. „Dieses kalte Schloss hab ich wirklich satt. Ich will jetzt Sonne, Strand und Meer!“

Schlotterine packt ihre Koffer und reist nach Italien. Nach vier Wochen kommt sie zurück – erholt und ausgeruht. Jetzt kann sie wieder schlottern. Auch Gespenster brauchen eben Ferien!

Marliese Arold

- Was bringt deine Knie zum Schlottern?
- Spielt die Geschichte zu dritt: Ein Kind ist der Erzähler oder die Erzählerin, die anderen beiden spielen Schlotterine und Ritter Rauhaar.

LE ► 2.1, 2.2, 3.6, 4.1, 4.3, 7.2
► Lesetraining, Seite 22

# Mitternacht und Gitterfenster

Etwas flatterte über ihm durch die Luft. Er machte einen Schritt vor, noch einen – und seine Hand umfasste die kalte, rostige Stange einer Gittertür. Und dann – dann geschah es. Mit einem Mal begannen die hohen spitzen Schreie, die er schon so oft von seinem Fenster aus gehört hatte. Er hatte sie sich also nicht eingebildet. Dort, vor ihm im Dunkel des Dachbodens, war jemand, der schrie. Immer wieder, kurz und schrill.
Paul ließ panisch das Gitter los und griff nach rechts, dorthin, wo er hergekommen war und wo Frederick noch stehen musste. Aber Frederick war nicht dort.
Wo war er? Was war mit ihm geschehen?
Der Schlüssel in Pauls Tasche schien hämisch zu sagen: „Schließ doch endlich die Tür auf. Na? Was ist?“
Doch Paul konnte sich nicht bewegen. Seine Beine weigerten sich standhaft, ihn von der Stelle zu bewegen.
Jetzt kamen die Schreie auch noch näher! Ein kühler Lufthauch streifte ihn. Jemand schluchzte direkt neben seinem linken Ohr hysterisch auf und eine feuchte Wange streifte seine.
Das war zu viel. Paul kreischte. Laut und gellend.
Plötzlich war da ein Lichtstrahl und er musste die Augen schließen.
„Paul?“, hörte er Fredericks Stimme.
Vorsichtig öffnete er die Augen wieder. „Ach, du bist es“, sagte er erleichtert. „Hast du geschluchzt?“
Beschämt nickte Frederick. Etwas flatterte durch den Lichtkegel der Lampe. „Das ist eine Fledermaus!“, stellte Paul fest.

Antonia Michaelis

• Was wisst ihr über diese Tiere? Sucht nach Informationen im Internet oder in einem Lexikon.



LE ▶ 2.1, 2.2, 3.2, 3.3, 3.6, 3.7, 7.1

▶ Lesetraining, Seite 23

# Geister kommt herbei!

Geister, Geister tanzen gerne durch den Wald.
Geister, Geister werden niemals alt.
Geister, Geister unsichtbar und schaurig schön,
Geister kann man nachts um zwölf Uhr sehn.

Tief im alten Burgverlies hört man alte Ketten rasseln.
Fridolin, das Schlossgespenst, und die andren Geister quasseln.
Und dann hört man Geisterstimmen schaurig schöne Lieder singen.
Niemand kann den Text verstehn und sie jemals sehn.

Geister, Geister, ja die sind nicht dumm.
Wenn du sie mal sehn willst und du drehst dich um,
Geister, Geister, husch, dann sind sie weg
und du kriegst 'nen Schreck.

Unten tief im Keller und oben unterm Dach,
da treffen sich die Geister und machen schrecklich Krach.
Wenn die alte Turmuhr schlägt, hört man ein Geräusch,
als wenn man alte Knochen sägt. Die Geister packen euch!

Michi Vogdt (gekürzt)

- Vielleicht findet ihr dieses Gedicht als Lied im Internet.
- Versucht, diesen Text wie zwei Rapper vorzulesen – also im Sprechgesang. Wechselt euch strophenweise ab.

# Die kleine Hexe Nudelzopf

Seit vielen, vielen Jahren lebt die kleine Hexe Nudelzopf glücklich in ihrem wunderschönen Garten zwischen Heilkräutern und Zauberblumen. Das könnte der schönste Ort auf der ganzen Welt sein, wenn da nicht ihre Nachbarn Ed und Fred wären ...
Ed und Fred haben doch wirklich nur Unsinn im Kopf. Jeden Tag spielen sie der kleinen Hexe Nudelzopf neue Streiche.

Jeden Morgen glotzen Ed und Fred beim Badezimmer-Fenster herein und spotten über die dünnen Haare der kleinen Hexe Nudelzopf. Immer wieder johlen sie: „Spinnenweb und Krötenkopf, wer spuckt in meinen Suppentopf? Wer hat nur sieben Haar am Kopf? Das ist die Hexe Nudelzopf!“

Und etwas später – gerade als die kleine Hexe Nudelzopf die Wäsche von der Leine nimmt, kracht und blitzt es plötzlich fürchterlich! Was für ein Schreck! Natürlich sind das wieder Ed und Fred! Sie haben sich versteckt und werfen Knallerbsen. Sie lachen laut und laufen weg und hecken schon den nächsten Streich aus.

In der Nacht klettern Ed und Fred in den Zaubergarten. Dort tanzen sie wild durch die Beete und trampeln die zarten Blumen nieder. Sie reißen alle Kräuter und Blumen aus und mampfen gierig die seltsamen bunten Gräser. Die schmecken besonders fein!

Als Ed und Fred am nächsten Morgen aufwachen, sehen beide ganz verändert aus. Fred reibt sich traurig seinen dicken Kürbiskopf. Was für eine Bescherung! Und was ist mit Ed? Ed schielt auf seine lange Karottennase. Das süße bunte Gras war wohl ein Zauberkraut ...

Ed und Fred laufen zur kleinen Hexe Nudelzopf und flehen sie an: „Es tut uns leid! Bitte, bitte hilf uns! Gib uns wieder unsere schönen Gesichter!“ Als die kleine Hexe Nudelzopf ihren Garten sieht, ruft sie verzweifelt: „Ach, mein schöner Zaubergarten! Was habt ihr nur aus ihm gemacht!“

Doch dann holt sie den Zauberstab und spricht: „Simsalabim! Simsalabase! Kürbiskopf, Karottennase! Verschwindet, wenn ich dreimal blase!“ Doch was ist denn jetzt passiert? Die kleine Hexe Nudelzopf ist wohl außer Übung. Ed und Fred sehen nur noch sonderbarer aus! „Hm, hm, hm!“, murmelt die kleine Hexe. „Tut mir echt leid! Da bleibt nur eins: Wir müssen ein neues Zauberkraut anpflanzen!“

Nun müssen Ed und Fred helfen, den Zaubergarten neu zu pflanzen. Tagaus, tagein graben sie und stechen die Erde um. Sie schwitzen und stöhnen. Einen langen, kalten Winter lang müssen sie noch warten, bis im Frühling die kleinen Blattspitzen aus der Erde blinzeln. Jetzt heißt es fleißig gießen und Unkraut jäten, damit alle Blumen und Zauberkräuter wieder wachsen können. Es dauert viele Tage, bis das Zauberkraut endlich aufblüht. Ed und Fred können es kaum erwarten.

In der Vollmond-Nacht des Sommers ist es so weit. Vorsichtig kauen Ed und Fred das süße Kraut. Wird es auch wirklich helfen? Oder werden sie diesmal in Mondkälber verwandelt? Da beginnt es leise zu zischen ...

„Juhuuu! Wir sind so schön wie früher!“, jubelt Ed. „Nein, noch viel schöner!“, lacht Fred. „Danke, liebe Hexe Nudelzopf!“ Sie feiern mit feiner Hexen-Kürbis-Karotten-Limonade. Alle drei freuen sich jetzt auf den langen, warmen Sommer im allerschönsten Zaubergarten auf der ganzen Welt.

Friederike Wagner


► **Lesetraining, Seite 25**

# Mamas neuer Freund

Karli hat keine Lust, nach Hause zu gehen. Heute kommt Werner zum ersten Mal. Werner ist Mamas neuer Freund. Karli wohnt mit Mama alleine, seit Papa ausgezogen ist.

Ina hat auch eine alleinige Mama. Und Achim auch. Das sind Karlis Freunde. Der Freund von Inas Mama ist Benno Besserwisser. Ina sagt, Benno ist ätzend. Er will Ina erziehen. Er mischt sich ein. Achims Mutter hat auch einen Freund. Der hat selbst zwei alleinige Kinder. Und er will auch Achims Vater sein. Bald ist Hochzeit. Achim will dann ausziehen. Zu seinem echten Vater.

Karli will die Tür aufschließen. Aber Mama ist schon da. Sie hat geputzt und gekocht. Sie ist gar nicht so gestresst und müde wie sonst. Ich habe dir einen Kakao gekocht. Sie strahlt. Karli ist misstrauisch. Dass du es weißt, sagt Karli, ich lass mir von dem Typen nichts gefallen!

Nach einer Stunde klingelt es. Werner mit Blumen. Und wo ist das Einschleimgeschenk für Karli? Nichts. Werner begrüßt Karli. Er sagt nicht: Du bist also Karli. Er sagt nicht: Und wie läuft es so in der Schule? Er sagt nicht: Machst du immer so ein böses Gesicht? Werner lächelt nur und setzt sich an den Tisch. Er lobt Mamas Essen. Danach spielen sie zu dritt „Mensch ärgere dich nicht". Ziemlich lange. Werner lacht. Dann geht Karli ins Bett. Er ist müde vom Warten, dass Werner was Blödes sagt. Aber Werner sagt nichts. Nur: Gute Nacht.

Drei Tage später kommt Werner wieder. Er hilft Mama umräumen, damit es gemütlicher wird. Karli wartet darauf, dass Werner kommandiert und Karli helfen soll. Aber Werner sagt nichts. Am Wochenende gehen sie zu dritt ins Kino. Mama will in „Das doppelte Lottchen". Karli will in „Die wilden Kerle". Karli wartet, dass Werner sich auf Mamas Seite schlägt. Aber Werner sagt nichts. Mama und Karli knobeln. Karli gewinnt.

Am Sonntag sind sie zusammen mit Werner eingeladen bei Mamas Freundin und Familie. Die Freundin ist nett, aber ihre Tochter kann Karli nicht leiden. Er ist sauer. Er will nicht mit. Mama schimpft. Wenn er schon mit muss, zieht er sich unmöglich an. Damit jeder sieht, wie ätzend er es findet. Mama rauft sich die Haare. Werner sagt nichts.

Karli möchte zum Fußballspiel. FC Avanti gegen Dynamo Steckenstein. Mama hasst Fußballplätze. Karli probiert es. Aber Mama hasst Fußballplätze. Frag doch mal Werner, sagt sie. Aha, denkt Karli. Jetzt wird es ernst, sie will mich verkuppeln.

Karli ruft lieber Papa an, obwohl Mama-Wochenende ist. Papa freut sich über den Anruf. Aber er muss arbeiten. Leider! Doch nächstes Wochenende unternehmen sie etwas Tolles!

Karli will zum Spiel. Er fasst sich ein Herz: Werner, hast du Lust, mit zum Spiel zu gehen? Papa kann heute nicht. Jetzt muss Werner etwas sagen. Werner strahlt und sagt: Ich freue mich! Werner und Karli haben einen wunderbaren Fußball-Samstag. Sie johlen, essen Bratwurst und spielen Reporter.

Auf dem Nachhauseweg kauft Werner am Bahnhof eine Rose für Mama. Weil sie so eine tolle Frau ist, sagt Werner. Werner gibt Mama die Rose. Mama wird rosenrot. Oh, danke, flüstert sie. Karli freut sich, dass Mama sich freut. Mama hat gekocht. Karli und Werner haben Hunger. Und Durst. Mama gibt Werner den Dynamo-Steckenstein-Becher! Karlis Lieblingsbecher! Aber Karli sagt nichts.

Anke Wagner und Heike Herold

- Warum darf Werner aus Karlis Lieblingsbecher trinken?
- Hast du zu Hause auch einen Lieblingsbecher oder ein Lieblingsspielzeug? Wem erlaubst du, diese Dinge zu verwenden?
- Das Wort „alleinig“ steht in keinem Wörterbuch. Was könnte mit „alleinige Mama“ gemeint sein?

LE ▶ 2.1, 2.2, 3.2, 3.6, 3.7, 4
▶ Lesetraining, Seite 26

# Kinder dieser Welt

**Lappland**

Im Winter ist es in Lappland sehr kalt. Seit über 2000 Jahren lebt hier das Volk der Lappen, das sich selbst als Sámi (auch Samen genannt) bezeichnet. Die meisten Samenkinder wohnen weit entfernt von jeder Schule. Darum verbringen sie einen Großteil des Jahres in Schulheimen.

**Marokko**

Im Nordwesten Afrikas liegt das Königreich Marokko. Im Sommer ist es in Marokko sehr heiß und trocken, daher haben die Häuser in den Dörfern und Städten dicke Mauern. In Marokko spricht man verschiedene arabische und berberische Dialekte, die Kinder lernen in der Schule Arabisch und Französisch.

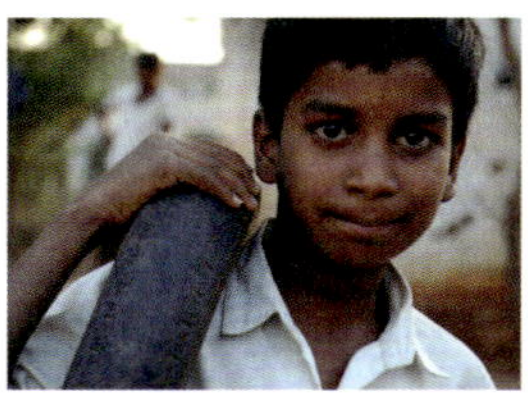

**Indien**

Indien liegt in Asien, dem größten Kontinent der Erde. Ab März ist es in den meisten Teilen des Landes heiß und trocken, bis im Juni die Regenzeit beginnt. Die Bevölkerung ist überwiegend sehr arm. Schon 5-jährige Kinder müssen arbeiten, um ihre Familien zu unterstützen.

**Japan**

Japan besteht aus etwa 400 Inseln, die vier größten Inseln sind durch lange Brücken und Tunnel verbunden. Japan ist eines der reichsten und modernsten Länder der Welt. Viele elektronische Geräte, Autos und Maschinen werden von japanischen Firmen hergestellt.

Angela Weinhold (bearbeitet)



LE ▶ 2.1, 2.2, 3.2, 3.5, 7.1

▶ Lesetraining, Seite 27

# Was spielen Kinder anderswo?

**Fuchs und Schneehühner (Lappland)**
Das Schneehuhn, das größte Kind der Gruppe, hütet seine hintereinander aufgereihte Kükenschar – eine Schlange mit Kindern. Ein Kind spielt den Fuchs und versucht, das hinterste Kind zu erwischen, was die Kette durch geschicktes Ausweichen zu verhindern versucht.

**Murmelspiel (Marokko)**
In den Boden wird eine kleine Mulde gegraben und an den Rand eine Murmel gelegt. Aus einer Entfernung von drei bis fünf Schritten wird versucht, mit einer größeren Murmel die kleinere ins Loch zu schießen. Wem das gelingt, der darf so lange weitermachen, bis er danebenschießt. Wer nach drei Runden die meisten Treffer erzielt hat, hat gewonnen.

**Einbeinhüpfen (Indien)**
Mit Kreide wird ein großer Kreis auf dem Boden markiert. Alle Kinder stehen im Kreis und winkeln ein Bein an. Auf einem Bein hüpfend wird versucht, die anderen Kinder zu fangen oder anzustoßen. Wer umfällt oder mit dem angewinkelten Bein den Boden berührt, scheidet aus. Sieger ist, wer am Ende übrig bleibt.

**Fischen (Japan)**
Ein Kind mit verbundenen Augen ist der Fischer. Die anderen Kinder sind die Fische. Der Fischer streckt eine Hand aus, die Handfläche zeigt nach unten. Die Fische berühren die Handfläche schnell hintereinander mit dem Finger. Fängt der Fischer den Fisch, muss er den Namen des Kindes raten. Hat er richtig geraten, wird das gefangene Kind zum neuen Fischer.

Angela Weinhold (bearbeitet)

- Welches Spiel findet ihr am besten? Stimmt ab. Dann probiert die Spiele aus und stimmt erneut ab. Hat sich eure Meinung verändert?

# Wer sind Zuwanderer und Geflüchtete?

Unser Zuhause ist der Ort, wo wir mit den Menschen leben, die wir lieben. Zu Hause ist dort, wo wir unser Lieblingsessen kochen, wo wir unser Spielzeug haben und in unserem Bett schlafen können.
Manche Menschen müssen aufgrund von Krieg oder einer Naturkatastrophe ihr Zuhause verlassen. Diese Menschen nennt man **Geflüchtete**. Manche sagen aber auch Flüchtlinge.
Andere Menschen verlassen ihr Zuhause, um an einem neuen Ort ein glücklicheres und gesünderes Leben zu führen. Manche haben auch schon Familie in einem anderen Land und wollen bei ihren Angehörigen sein. Und manche verdienen einfach nicht genug Geld und brauchen eine besser bezahlte Arbeit. Menschen, die ihre Heimat aus diesen Gründen verlassen, nennt man allgemein **Zuwanderer**.

# Kinder unterwegs

Manche Geflüchtete und Zuwanderer sind Kinder, die mit ihren Eltern oder ihren Schwestern und Brüdern unterwegs sind. Aber jedes Jahr machen sich auch Tausende Kinder ganz ohne Erwachsene auf den Weg. Wenn sie aus ihrer Heimat fliehen mussten, sind sie oft alleine, weil sie keine Eltern mehr haben oder auf dem langen Weg von ihnen getrennt wurden. Wenn du schon mal deine Mutter oder deinen Vater für ein paar Minuten im Park oder im Supermarkt verloren hast, dann weißt du genau, wie sehr es einem Angst machen kann, plötzlich ganz alleine zu sein.

Ceri Roberts (bearbeitet)

- Welche Bedeutung hat das Wort „Zuhause“ für dich?
- Habt ihr Erfahrungen mit Flucht oder Auswanderung? Sprecht darüber, wenn ihr wollt.



LE ▶ 2.1, 2.2, 3.2, 3.3, 4, 7.1

# Nuris Brief aus Deutschland

*Vor kurzem ist Nuri mit ihren Eltern in Deutschland angekommen. Hier regnet es oft, und das Brot schmeckt ganz anders als daheim im Irak. In Briefen an ihre Tante Marwa schüttet Nuri ihr Herz aus:*

## Liebe Tante,

ich weiß zwar gar nicht, wo du bist, aber Mama sagt, dass ich dir trotzdem schreiben und alle Briefe an unsere Adresse nach Bagdad schicken soll. Seit gestern sind wir weg. Ich durfte dir leider nicht Auf Wiedersehen sagen. Es musste alles schnell gehen, und niemand durfte uns hören. Wir sind lang mit dem Auto gefahren und dann mit dem Flugzeug nach Deutschland geflogen. Alle Straßen sind hier aufgeräumt und glänzen. Vom Regen. Nächste Woche gehe ich das erste Mal in eine Schule. Ich verstehe hier alles. Das ist mein Geheimnis. Papa und Mama haben zu Hause viele Sachen nur auf Deutsch gesprochen, damit niemand sie versteht. Oft habe ich ihnen zugehört. Und eines Abends hab ich dann alles verstanden. Es war laut draußen. Kriegsflugzeuge und kleine orangene Lichter am Himmel. Ich schaute aus dem Fenster und dann war plötzlich wieder alles ruhig. In dem Moment sagte Mama auf Deutsch: „Hoffentlich sind wir bald hier weg! Wir sollten Nuri langsam ein wenig Deutsch beibringen, sonst wird es zu schwer für sie." Ich bekam einen Doppelschreck! Zu schwer? Was denn? Und ich kapierte, dass ich gerade Deutsch verstanden hatte. So erfuhr ich also, dass ihr Plan war, nach Deutschland zu fahren. Papa und Mama möchten hier einen Studienplatz bekommen. Und ich soll in die Schule. Vom Irak weg. Niemand durfte davon wissen. Deshalb habe ich dir auch nichts erzählt. Liebe Tante, du fehlst mir so. Komm doch auch hierher und bring deinen Geschichtenteppich mit! Hier in unserem Zimmer gibt es nur einen ganzen Boden aus Teppich. Grau und staubig. Keine Geschichten drin.

Deine Nuri

Andrea Karimé (gekürzt)

LE ▶ 2.1, 2.2, 5.1, 6.1, 7.2
▶ Lesetraining, Seite 29

# Das Nachrichtenband

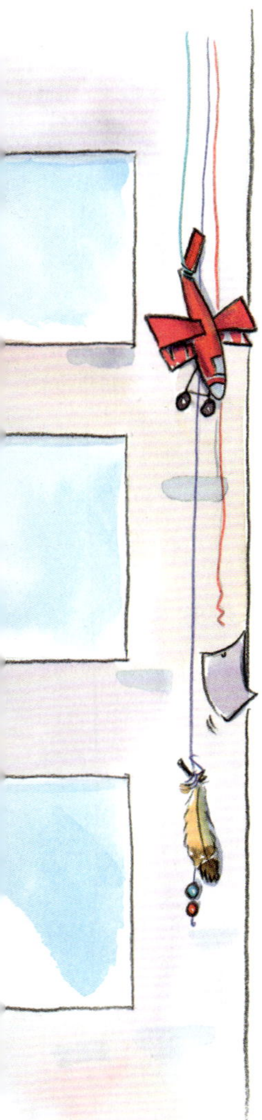

Micha wohnt seit drei Wochen in dem gelben Hochhaus in der Gaßackervorstadt. Links steht das braune Hochhaus und rechts das grüne. Die Hochhäuser brauchen verschiedene Farben, sonst würde man sie nur schwer unterscheiden können.

Seit drei Wochen wohnt Micha jetzt hier, im neunten Stockwerk. Drei Wochen Langeweile sind das. Denn niemand kennt sich hier. Niemand ist neugierig auf die andern. Jeder geht seiner Wege. Der Fahrstuhl summt leise. Die Türen schließen sich fast geräuschlos und öffnen sich ebenso. Leute steigen ein oder aus. „Guten Tag“, „guten Abend“, „guten Morgen“.

Viel mehr wird im Hochhaus nicht gesprochen. Die Leute gehen zur Arbeit und kommen von der Arbeit. Und im Übrigen will jeder für sich bleiben.

Zwar gibt es einige Kinder im Hochhaus, das schon. Allerdings verteilt auf alle dreizehn Stockwerke. Kein Mensch weiß, wo.

Micha hat sich am Anfang mit Treppenlaufen die Zeit vertrieben. Die Treppe hoch und runter. Mal eine Stufe nehmend, dann zwei, drei. Dann rückwärts hüpfend. Dann vorwärts auf allen vieren, wie ein Tier schleichend.

Nach zwei Tagen machte das Treppenspiel Micha keinen Spaß mehr. Und es fiel ihm nichts Neues mehr ein. Dösig hockte er in der Couchecke und blätterte Comic-Hefte durch.

Mindestens zehn Kinder wohnten in diesem Haus. „Da musste man doch irgendwie rankommen!“, überlegte er. Aus dem Nähkästchen der Mutter schauten allerhand Fäden, Stoffe und Bänder hervor. Micha hatte einen Gedanken.

Er stand auf, nahm eine Rolle Band aus dem Nähkästchen und schrieb auf einen Zettel: „Ich heiße Micha und wohne im Neunten“, dann befestigte er sein neuestes Comic-Heft an dem Band und schrieb auf den Zettel: „Wer will, kann dieses Heft ausleihen! Aber bitte Namen auf den Zettel schreiben und Stockwerk.“

Dann machte er das Fenster auf und ließ den Zettel ganz langsam mit dem Band und dem Comic-Heft an der Hauswand hinuntergleiten.

Wie der Fischer mit der Angel am See wartete Micha mit seinem Band am Fenster.

Nach etwa fünf Minuten gab es einen Ruck.

Jemand machte sich an dem Band zu schaffen. Micha hielt jetzt das Band ganz fest und wartete einige Minuten, bevor er es wieder einholte. Mit dem Band zog Micha einen zweiten Zettel herein. Und noch ein Comic-Heft. „Petra. Zweiter“, stand auf dem Zettel. Und: „Dein Comic ist alt, von letzter Woche. Hab ich schon lang gelesen. Ich leih dir den neuen aus, er ist von dieser Woche. Bitte nach dem Lesen wieder herunterlassen.“

Micha betrachtete die Schrift und stellte sich Petras Alter vor. Mindestens zehn, die konnte viel besser schreiben als er.

Rasch las er den Comic durch und befestigte ihn wieder am Band. Außerdem befestigte er sein Taschenmesser mit dem Häkchen ans Band und schrieb einen neuen Zettel: „Comic zurück, danke. Kenn ich auch schon lang. Wenn du willst, kannst du dir mein Taschenmesser ein Weilchen ausleihen. Vorsicht, die mittlere Klinge ist besonders scharf!“

Auf diese Weise wanderten am selben Tag noch zwei Teddys, eine Puppe, ein angefangenes Flugmodell, ein halbes Abendbrot und eine Indianerkleidung an der Hauswand auf und ab.

Und dann war wieder ein Zettel am Band befestigt: „Was macht ihr da? Ich heiße Paul und wohne im Fünften.“

Nun kamen noch Sachen von Paul dazu. Und später – es war schon dunkel, und Micha hatte seine Taschenlampe am Band befestigt – noch Irmgard aus dem vierten und Kaspar aus dem ersten Stock.

„Die machen das nicht schlecht“, sagte Herr Hubmaier, Petras Vater zu seiner Frau, als Petra mit Pauls Cowboyhut in die Küche kam. „Wenn wir Erwachsenen uns nur auch so leicht kennen lernen könnten ...“

Frieder Stöckle

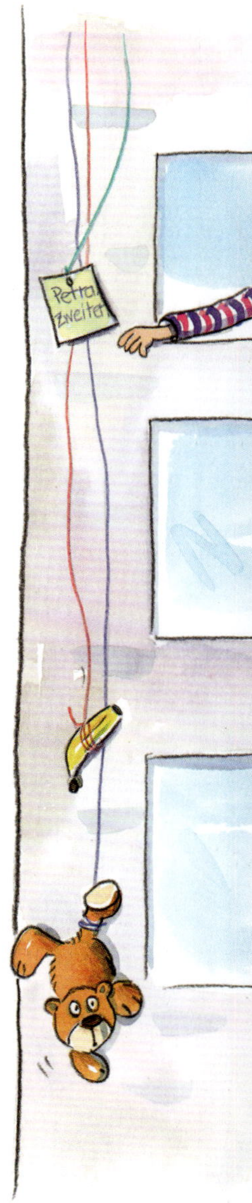


LE ▶ 2.1, 2.2, 3.2, 3.6, 3.7, 4
▶ Lesetraining, Seite 30

# Die verschwundenen Bratäpfel

„Mach mir auch einen Bratapfel“, bettelt Moritz. „Nix da“, sagt Kira. „Wer meine Bücher beschmiert und meine Stifte klaut, kriegt keinen Bratapfel!“ Schmollend schleicht Moritz weg.

Kira aber backt heute den ersten Bratapfel dieses Winters! Hmm, wie das duftet! Als er fertig ist, nimmt sie die dicken Ofenhandschuhe und hebt die Auflaufform raus. Sie stellt sie auf den Küchentisch und öffnet das Fenster zum Lüften. Dann geht sie nach oben, denn der Apfel ist noch viel zu heiß. Als sie an Moritz’ Zimmer vorbeikommt, droht sie: „Wehe, du rührst ihn an!“ Denn vor Moritz ist kein Essen sicher.

Als sie zehn Minuten später in die Küche kommt, ist der Bratapfel verschwunden! „Moritz!“, schreit sie und rennt hoch. Moritz beteuert, er war’s nicht. Sein Mund riecht nicht nach Bratapfel, aber das beweist nichts. „Hast du ihn hier versteckt und willst ihn später essen?“ Doch in seinem Zimmer ist der gleiche Geruch wie immer. „Dann backe ich eben noch einen“, brummt Kira.

Als der zweite Apfel fertig ist, stellt sie ihn an den gleichen Platz wie zuvor und versteckt sich hinterm Vorhang. Moritz kriecht dazu. „Ich will auch wissen, wer den Apfel geklaut hat.“ Sie lugen rechts und links hinterm Stoff hervor. Da fliegt eine Krähe durch das offene Fenster herein. Sie krallt sich frech den Apfel vom Tisch und haut mit ihm ab. „Is’ nicht wahr!“, ruft Kira.

Also backt sie zum dritten Mal und weil Moritz so bittet, macht sie zwei Äpfel fertig. Dieses Mal schließt sie das Fenster, bevor sie weggeht. Und als sie zurückkommt ... sind die Äpfel wieder weg! Mitsamt der Auflaufform! „Moritz!“

Moritz sitzt in seinem Zimmer und kaut. „Jetzt hat es so viel nach Bratapfel gerochen – ich konnte nicht mehr warten. Aber ich hab dir deinen aufgehoben“, grinst er und schiebt Kira ihre Portion rüber.

Annette Amrhein



LE ▶ 2.1, 2.2, 3.6, 3.7, 7.2

▶ **Lesetraining, Seite 31**

# Bratapfel-Rezept (für 4 Portionen)

Zutaten

4 säuerliche Äpfel
100 g gemischte Nüsse
(z. B. Haselnüsse, Mandeln
und Walnüsse)
2 Esslöffel Rosinen
1/2 Teelöffel Zimtpulver
2 Esslöffel Honig
20 g Butter
120 ml Apfelsaft

Zubereitung

Den Backofen auf 180° C vorheizen.

Die Äpfel waschen, trocknen und das Kerngehäuse ausstechen.

Nüsse und Rosinen hacken und mit dem Zimt und Honig vermischen.

Die Äpfel in eine gebutterte Backform stellen und mit der Nussmischung füllen.

Die Butter in Flöckchen darauf verteilen und die Bratäpfel im vorgeheizten Ofen ca. 40 Minuten backen.

Nach etwa 20 Minuten den Apfelsaft mit etwas Wasser angießen.

Guten Appetit!

Elisabeth Gerich (bearbeitet)

# Die Geschichte vom beschenkten Nikolaus

Einmal kam der heilige Nikolaus am 6. Dezember zum kleinen Klaus. Er fragte ihn: „Bist du im letzten Jahr auch brav gewesen?“ Klaus antwortete: „Ja, fast immer.“ Der Nikolaus fragte: „Kannst du mir auch ein schönes Gedicht aufsagen?“

„Lieber guter Nikolaus,
du bist jetzt bei mir zu Haus,
bitte leer die Taschen aus,
dann lass ich dich wieder raus.“

Der Nikolaus sagte: „Das hast du schön gemacht.“ Er schenkte dem Klaus Äpfel, Nüsse, Mandarinen und Plätzchen[1]. „Danke“, sagte Klaus. „Auf Wiedersehen“, sagte der Nikolaus. Er drehte sich um und wollte gehen. „Halt“, rief Klaus.
Der Nikolaus schaute sich erstaunt um: „Was ist?“, fragte er. Da sagte Klaus: „Und was ist mit dir? Warst du im letzten Jahr auch brav?“ „So ziemlich“, antwortete der Nikolaus. Da fragte Klaus: „Kannst du mir auch ein schönes Gedicht aufsagen?“ „Ja“, sagte der Nikolaus.

„Liebes, gutes, braves Kind,
draußen geht ein kalter Wind,
koch mir einen Tee geschwind,
dass ich gut nach Hause find.“

„Wird gemacht“, sagte Klaus. Er kochte dem Nikolaus einen heißen Tee. Der Nikolaus schlürfte ihn und aß dazu Plätzchen. Da wurde ihm schön warm. Als er fertig war, stand er auf und ging zur Türe. „Danke für den Tee“, sagte er freundlich. „Bitte, gerne geschehen“, sagte Klaus. „Und komm auch nächstes Jahr vorbei, dann beschenken wir uns wieder.“ „Natürlich, kleiner Nikolaus“, sagte der große Nikolaus und ging hinaus in die kalte Nacht.

[1] Plätzchen = Kekse

Alfons Schweiggert


LE ▶ 2.1, 2.2, 5.1, 6
▶ Lesetraining, Seite 33

# Die drei Spatzen

In einem leeren Haselstrauch,
da sitzen drei Spatzen, Bauch an Bauch.

Der Erich rechts und links der Franz
und mittendrin der freche Hans.

Sie haben die Augen zu, ganz zu
und obendrüber, da schneit es, hu!

Sie rücken zusammen, dicht an dicht.
So warm wie der Hans hat's niemand nicht.

Sie hören alle drei ihrer Herzlein Gepoch,
und wenn sie nicht weg sind, dann sitzen sie noch.

Christian Morgenstern

LE ▶ 1.1, 2.1, 2.2, 5.1, 6

▶ Lesetraining, Seite 34

# Schneeflocken aus weißem Papier

Material
pro Schneeflocke 1 Bogen weißes Papier (21 x 21 cm), Stift, Schere

So geht's

1. Die linke und rechte Spitze aufeinander falten und wieder öffnen.

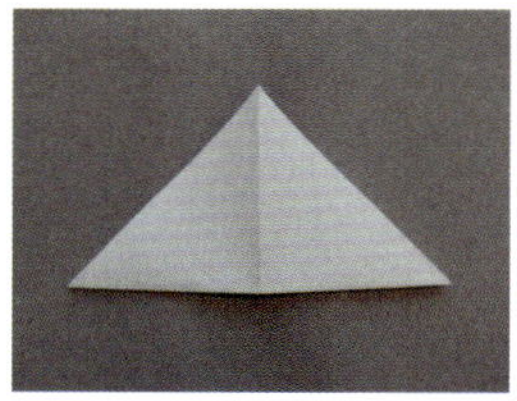

2. Dann die untere Spitze nach oben falten.

3. Die rechte Hälfte über die Mitte hinweg nach oben falten, sodass das obere Drittel der linken Dreiecksfläche bedeckt ist.

4. Die Papierform wenden und die rechte Spitze auf die linke Kante falten.

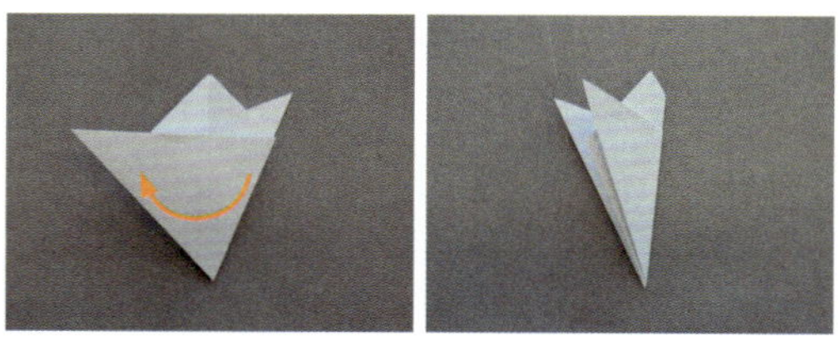

5. Die Form von rechts nach links mittig zusammenfalten, sodass sich die Hälften decken.

6. Die geschlossene Seite sollte sich rechts befinden. Jetzt die rechte Spitze abschneiden.

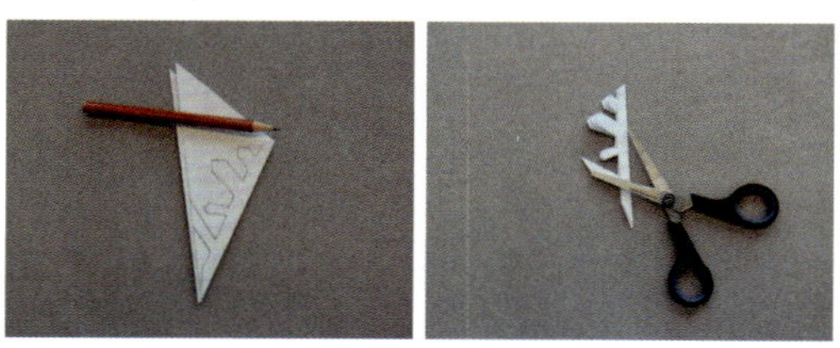

7. Nach Belieben Muster aufzeichnen und ausschneiden.



LE ▶ 2.1, 2.2, 3.1, 3.2, 3.6, 5.2, 6.2

▶ Lesetraining, Seite 35

# Mein Weihnachtsfest mit einer großen Familie

*Nach den Weihnachtsferien sollen die Kinder in der Schule einen Aufsatz über ihr Weihnachtsfest schreiben. Evelyn, Maries beste Freundin, schreibt:*

Mein Weihnachtsfest war sehr schön. Am späten Nachmittag hab ich meiner Mama geholfen, den Tannenbaum zu schmücken. Stefan, der neue Mann meiner Mama, hat gekocht. Das kann er sehr gut. Mein kleiner Bruder war solange bei ihm in der Küche. Am Abend hat es an der Wohnungstür geläutet. Zu uns gekommen sind mein Papa mit seiner neuen Frau und ihren beiden Kindern Uschi und Boris. Anfangs hab ich mich mit den beiden nicht so gut verstanden, aber inzwischen sind wir schon so was wie gute Freunde geworden.

Wir haben gemeinsam gegessen. Es gab Karpfen, und wir mussten alle sehr aufpassen wegen der Gräten. Die Großen haben sich unterhalten. Wir Kinder waren zu aufgeregt zum Reden. Nur mein kleiner Halbbruder hat die ganze Zeit geplappert.

Endlich durften wir ins Wohnzimmer gehen. Auf der Spitze des Baumes hat ein Glockenspiel gebimmelt. Wir haben zusammen ein paar Weihnachtslieder gesungen. Mein Papa kann am besten singen. Er singt auch in einem Kirchenchor. Der neue Mann von meiner Mama kann überhaupt nicht singen, dafür kocht er besser.

Die neue Frau von meinem Papa singt so leise, dass man fast nichts hört. Dafür ist sie modischer angezogen als meine Mama. Uschi kräht, und Boris brummt. Meine Mama und ich haben uns bemüht, mit Papas Stimme mitzuhalten. Ich glaube, unser Chor hat sich sehr komisch angehört.

Der Weihnachtsbaum war richtig schön geschmückt. Kein Wunder, ich hab ja mitgeholfen! Aber wir Kinder haben nur geschaut, was darunter liegt. Die Bescherung hat sehr lange gedauert, weil es viele Päckchen zu öffnen gab. Jeder hat jeden beschenkt. Das Christkind hat auf keinen vergessen.

Nach der Bescherung haben sich die Großen noch lange unterhalten. Ich finde es ganz toll, dass sie sich so gut verstehen. Ich mag sie alle gern, meine Mama und meinen Papa werde ich aber immer am meisten lieb haben.

Wir Kinder mussten bald schlafen gehen. Uschi und Boris sind zusammen in einem Bett gelegen, ich und mein Halbbruder auch. Der ist zum Glück gleich eingeschlafen. Wir drei haben noch lange geredet und geblödelt. Das war ein schönes Weihnachtsfest mit meiner großen Familie.

Christine Rettl

- Was meint ihr: Worüber hat Evelyn sich am meisten gefreut?
- Nicht in allen Familien wird Weihnachten gefeiert. Welche Feste kennt ihr noch?



LE ► 2.1, 2.2, 3.6, 3.7, 4

► Lesetraining, Seite 36

# Gregs Dankesbriefe

Es ist echt nicht einfach, sich für Sachen zu bedanken,
die man gar nicht haben will.
Ich fing mit den Leuten an, die mir keine Klamotten geschenkt hatten, weil ich dachte, das würde mir leichter fallen. Aber nach zwei oder drei Briefen stellte ich fest, dass ich jedes Mal mehr oder weniger dasselbe schrieb.
Also habe ich auf dem Computer ein vorgefertigtes Formschreiben erstellt und ließ überall dort Lücken, wo ich was ändern musste.
Danach waren die Briefe echt ein Klacks.

```
Liebe Tante Lydia,

vielen Dank für das tolle Lexikon!
Woher wusstest Du, dass ich mir genau das zu Weihnachten
gewünscht habe?
Das Lexikon sieht in meinem Regal echt super aus!
Meine Freunde werden mich alle beneiden, weil ich mein
eigenes Lexikon habe.
Ich danke Dir für das beste Weihnachtsfest aller Zeiten!

Dein Greg
```

Für die ersten Geschenke hat das ganz gut geklappt, aber irgendwann …

```
Liebe Tante Loretta,

vielen Dank für das tolle Hose!
Woher wusstest Du, dass ich mir genau das zu Weihnachten
gewünscht habe?
Das Hose sieht in meinem Bein echt super aus!
Meine Freunde werden mich alle beneiden, weil ich mein
eigenes Hose habe.
Ich danke Dir für das beste Weihnachtsfest aller Zeiten!

Dein Greg
```

Jeff Kinney (gekürzt)

• Wie müsste Greg den letzten Brief verbessern, damit er Sinn ergibt?

LE ▶ 2.1, 2.2, 3.5, 5.1, 6
▶ Lesetraining, Seite 37

# Die Bremer Stadtmusikanten

Ein Esel, schwach und hochbetagt,
ein Hund, von Atemnot geplagt,
ein Katzentier mit stumpfem Zahn
und ein dem Topf entwichner Hahn,
die trafen sich von ungefähr
und rieten hin und rieten her,
was sie wohl unternähmen,
dass sie zu Nahrung kämen.

Ich Esel kann die Laute schlagen:

Ich Hund will's mit der Pauke wagen:

Ich Katze kann den Bogen führen:

Ich Hahn will mit Gesang mich rühren:

So kamen sie denn überein,
sie wollten Musikanten sein
und könnten's wohl auf Erden
zuerst in Bremen werden.
Ja plonga plonga plomm.
Rabau rabau rabomm.
Miau miau mihie.
Kokürikürikie.

Die Sonne sank, der Wind ging kalt.
Sie zogen durch den dunklen Wald.
Da fanden sie ein Räuberhaus.
Das Licht schien in die Nacht hinaus.
Der Esel, der durchs Fenster sah,
wusst anfangs nicht,
wie ihm geschah:
Ihr Kinder und ihr Leute,
was winkt uns da für Beute!

Den Fuß er leis ans Fenster stellte,

Der Hund auf seinen Rücken schnellte,

Und auf den Hund die Katze wieder,

Zuoberst ließ der Hahn sich nieder,

Das Räubervolk zu Tische saß,
man schrie und lachte, trank und aß.
Und plötzlich brach durchs Fenster
der Sturm der Nachtgespenster:
Ja plonga plonga plomm.
Rabau rabau rabomm.
Miau miau mihie.
Kokürikürikie.

So grässlich waren Bild und Ton,
dass die Kumpane jäh entflohn.
Statt ihrer schmausten nun die vier,
bezogen dann ihr Schlafquartier.
Ein Räuber doch mit schiefem Blick
schlich mitternachts ins Haus zurück,
um heimlich zu ergründen,
wie denn die Dinge stünden.

Mit eins war sein Gesicht zerrissen,
miau miau mihie,
sein linkes Bein mit eins zerbissen,
rabau rabau rabomm,
sein Leib getroffen von den Hufen,
ja plonga plonga plomm.
Sein Herz erschreckt von wilden Rufen,
kokürikürikie.

Er lief und lief durchs Dickicht quer,
als käm' der Teufel hinterher.
Da gab es bei den Tieren
ein großes Jubilieren:

Manfred Hausmann

LE ▶ 1.1, 2, 5.1, 6.1
▶ Lesetraining, Seite 38

# Prinzessinnen-Kodex

Verlautbarung des Königs:

Prinzessinnenkodex, ab sofort gültig und unwiderrufbar (Aushang in allen Wirtshäusern, Einkaufszentren, auf Naturlehrpfaden, an allen öffentlichen Plätzen …)

1. Einer Prinzessin ist es verboten, in der Nase zu bohren.
2. Rülpsen ist strengstens untersagt.
3. Prinzessinnen dürfen nicht lässig auf den Boden spucken, um anderen zu imponieren.
4. Prinzessinnen dürfen keinen Banden beitreten.
5. Prinzessinnen dürfen keine Drachenkämpfe ausfechten und keine Ritter sein.
6. Fußballmatches ist fernzubleiben.
7. Prinzessinnen dürfen sich nicht in Kneipen oder anderen Lokalen herumtreiben, alleine die Rathauskonditorei dürfen sie bis 16 Uhr besuchen.
8. Prinzessinnen dürfen sich keinen Pfeil und Bogen schnitzen.
9. Kein Räuber-und-Gendarm-Spielen – stattdessen wird ihnen nahegelegt, zu häkeln oder Wiesenblumen zu pflücken.
10. Es dürfen keine Batman-Sticker-Alben geführt werden.
11. Krokodile sind keine geeigneten Lieblingstiere.

Aufgrund dieser Gesetzeslage pfiffen weltweit viele auf ein Prinzessinnendasein.

Catrin Roher (gekürzt)

- Warum wollten so viele Prinzessinnen aufgrund dieser Regeln keine mehr sein?
- Ihr könnt euch einen neuen Prinzessinnen-Kodex ausdenken. Oder ihr erfindet einen Kodex für Ritter, Piraten, …



LE ▶ 2.1, 2.2, 3.2, 3.7, 4.3, 5.1, 7

▶ Lesetraining, Seite 39

# Der Rattenfänger von Korneuburg

In alten Tagen war die Stadt Korneuburg von so vielen Ratten belagert, dass die Menschen verzweifelt waren. Aus jeder Schublade sprangen Ratten, in jedem Bett bauten sie sich Nester.
Die Stadtväter setzten eine hohe Belohnung aus für den, der die Ratten aus der Stadt vertreiben könnte.
Da kam ein fremder Mann in die Stadt.
Er trug eine kleine Pfeife in der Hand.
Freundlich fragte er den Bürgermeister, ob er die Belohnung erhalten würde, sollten ihm die Ratten folgen.
Der Bürgermeister versicherte dem Fremden, dass er alles, alles Gold erhalten sollte. Und so spielte der Mann auf der Pfeife – ein gellendes Quietschen und Quieken ertönte.
Alle Ratten liefen herbei und rannten dem Mann nach.
Auch als er in die Donau stieg, blieb kein Tier am Ufer zurück.
Korneuburg war befreit. Nun wollte der Bürgermeister nur einen Teil der Belohnung bezahlen. Böse verschwand der fremde Mann. Aber nur für kurze Zeit. Schon bald kam er mit einer goldenen Pfeife zurück in die Stadt.
Er spielte die herrlichsten Lieder.
Und diesmal folgten ihm alle Kinder Korneuburgs.
Sie stiegen mit ihm auf sein Schiff.
Verzweifelt sahen die Bürger Korneuburgs das Schiff ablegen und mit ihren Kindern auf dem Strom verschwinden.

Volksgut

# Wie der Erzberg entdeckt wurde

Im Erzbachtal, dort, wo das Wasser des Leopoldsteiner Sees herunterrauscht, liegt eine Grotte. Wenn man hineingeht, findet man ein finsteres Wasserloch, in dem vor undenklichen Zeiten ein Wassermann gewohnt hat.

An sonnigen Tagen kam der Wassermann aus dem dunklen Wasserloch geglitscht und legte sich vor dem Grotteneingang in die Sonne, um sich zu wärmen.

Es gab aber Leute im Tal, die ihn fangen wollten. Denn wenn man einen Wassermann fängt, muss er dem, der ihn gefangen hat, einen Wunsch erfüllen. Tut er das, soll man ihn wieder freilassen.

Es ist sehr schwer, einen Wassermann zu fangen, weil er so glitschig ist. Einmal nahmen ein paar Männer aus der Gegend einen alten Mantel und bestrichen ihn mit Pech. Und als sie den Wassermann vor der Grotte schlafend liegen fanden, schlichen sie sich an ihn heran und warfen ihm den klebrigen Mantel über.

Der Wassermann war so erschrocken, dass er gar nicht versuchte davonzuspringen. Die Männer fesselten ihm die Hände auf den Rücken und die Beine so, dass er gerade noch trippeln konnte. Dann setzten sie sich rund um den gefangenen Wassermann hin, packten Brot und Speck aus und begannen ihn damit zu füttern. Der Wassermann spuckte alles aus, was sie ihm zu essen gaben, und da wurden die Männer ärgerlich. Sie befestigten eine Hundeleine an seinen Fesseln und machten sich mit ihm auf den Heimweg. Der Wassermann quakte laut, aber das half ihm nichts.
Als die Männer mit dem Wassermann zu einer Stelle kamen, von der aus man den Erzberg sieht, wollte er nicht mehr weiter, keinen Schritt, sie konnten an ihm ziehen und zerren, so viel sie wollten.
Der Wassermann tobte vor Zorn, zischte und quakte und brachte plötzlich Menschenworte heraus: „Freilassen! Ihr müsst mich freilassen!"

Die Männer aber wollten ihn nicht freilassen und taten, als hätten sie keine Ohren.
Da fing der Wassermann zu weinen an. „Lasst mich frei, und ich gebe euch große Schätze zum Lohn!"
„Das klingt schon besser", sagten die Männer. „Was willst du uns geben?"
„Gold für ein Jahr", sagte der Wassermann. „Silber für zehn Jahre. Oder Eisen für immer."
Die Männer berieten untereinander, was sie wählen sollten, und entschieden sich für das Eisen.
Der Wassermann deutete auf den Erzberg und sagte: „In diesem Berg ist Eisen für immer. Holt es euch. Aber jetzt lasst mich frei!"
Sie ließen den Wassermann aber noch nicht frei. Ein Jahr lang schlugen sie das Erz aus dem Berg, bis sie ganz sicher wussten, dass der Wassermann die Wahrheit gesagt hatte. Denn in dem erzhaltigen Berg war wahrhaftig Eisen für immer. Jetzt erst brachten sie ihn zu seinem Wasserloch zurück.
Der Wassermann glitschte sofort hinein. Aber ehe er verschwand, rief er: „Ihr habt vergessen zu fragen, wo man den Karfunkelstein findet! Und wie das ist mit dem Kreuz in der Nuss!"
Und fort war er.
Was seine Worte bedeuteten, konnte niemand sagen. Fragen hat man den Wassermann nicht können. Denn er ist niemals wieder aus seinem Wasserloch aufgetaucht.

Friedl Hofbauer

LE ▶ 2.1, 2.2, 3.1, 3.2, 3.3, 4.1, 4.2
▶ **Lesetraining, Seite 41**

# (K)ein Märchen

Es war einmal an irgendeinem Ort zu irgendeiner Zeit aus irgendeinem Grund eine Frau, die trug auf dem Kopf anstatt eines Hutes einen rosaroten Wackelpudding. Niemand wusste wieso, und niemand wusste weshalb.

Tagein, tagaus trug die Frau den rosaroten Wackelpudding auf dem Kopf, bei Regen, Schnee und Sonnenschein, und so vergingen die Jahre. Und sonst passierte eigentlich gar nichts.

Keine Hexe tauchte auf, keine neidische Schwiegermutter, auch keine böse Fee. Ganz zu schweigen von Zwergen, Prinzen oder einem Kater mit Stiefeln. Nichts dergleichen.

Und wenn die gute Frau nicht gestorben ist, so ist sie bestimmt schon sehr alt und den Wackelpudding sollte lieber niemand mehr essen.

Elisabeth Steinkellner

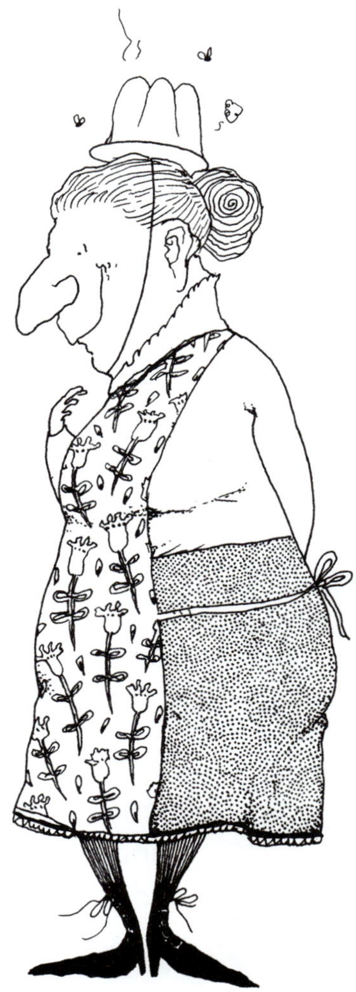

- Fallen euch lustige Gründe ein, warum die Frau einen Wackelpudding auf dem Kopf trägt?
- Stellt euch vor: Eines Tages hat doch jemand einen Bissen von dem Wackelpudding gemacht! Was ist dann passiert?

# So fühle ich mich wohl

„Heute haben wir eine komische Hausaufgabe“, erzählt Marie ihrer Mama. „Wir sollen schreiben, wann wir uns richtig wohl fühlen. Wann fühlst denn du dich am wohlsten?“, fragt sie. „Beim Kaffeeplausch mit meiner Freundin“, antwortet Mama, ohne lange zu überlegen. „Mit ihr kann ich über alles reden und mich wunderbar erholen.“

„Stimmt“, denkt Marie. „Wenn Mama dann nach Hause kommt, ist sie immer gut gelaunt, und ich kann fast alles von ihr haben.“ Marie überlegt, wann sie sich am wohlsten fühlt. „Eigentlich oft“, denkt sie, dann fällt ihr etwas ein und sie schreibt es auf.

Am nächsten Tag fragt die Lehrerin: „Wer möchte gerne vorlesen, was er geschrieben hat?“ Moritz platzt beinahe vor Ungeduld und liest als Erster: „Am wohlsten fühle ich mich im warmen Wasser in der Badewanne. Die ist ziemlich groß. Da kann ich meine neuen Schiffe schwimmen lassen. Ich kann untertauchen und Unterseeboot spielen, plantschen und jede Menge Schaum machen.“ Alle Kinder lachen.

Sara zeigt auf und liest vor: „Ich fühle mich am wohlsten, wenn ich in der Stadt bin, denn da ist immer etwas los. Da kann ich mich am Nachmittag mit meinen Freundinnen treffen, im Park spielen, mit Mama einkaufen, in den Eissalon oder ins Kino gehen.“

Jetzt ist Marie dran. Sie liest: „Bei meiner Tante auf dem Land ist es am schönsten. Sie hat einen großen Garten, eine schwarzweiße Katze und einen Hund. Die kann ich jeden Tag füttern und streicheln. Am wohlsten fühle ich mich,

wenn die Katze auf meinem Schoß liegt und schnurrt. Dann wünsche ich mir, dass das schöne Gefühl nie, nie aufhört.“

„Und du Paul?“, fragt die Lehrerin.
Paul ist verlegen und läuft rot an. Dann gibt er sich einen Ruck und liest mit fester Stimme: „Am liebsten sitze ich mit meinem Bruder auf dem Sofa und sehe mit ihm fern. Dann knabbern und trinken wir immer etwas. Wenn ich mit ihm das Kinderprogramm oder ein Fußballspiel anschauen kann, fühle ich mich am wohlsten.“

„Und du? Wie ist das bei dir, Ali?“, fragt die Lehrerin.
Ali holt erst einmal tief Luft, dann beginnt er zu lesen: „Ich liege furchtbar gerne im Bett, weil es da am gemütlichsten ist. Da kann ich mit meinen Kopfhörern Musik hören. Manchmal liege ich einfach nur so da und denke über irgendetwas nach, oder ich lese mein Lieblingsbuch und träume mich ganz woanders hin. So fühle ich mich wohl.“

Christine Rettl

## Manchmal

manchmal
kriech ich
in mich hinein
und bin
ganz klein

doch irgendwann
komm ich
wieder raus
und wachse
über mich
hinaus

Claudia Höly

# Woher kommt die Liebe?

Eichhörnchen, Elch und Ente. Da sitzen sie, die drei Freunde, und ihnen ist ganz wunderbar wohlig warm ums Herz miteinander.
Auf einmal fragt Elch: „Woher kommt eigentlich die Liebe?“
„Keine Ahnung“, sagt Eichhörnchen. „Weiß auch nicht“, antwortet Ente.
„Kommt, das finden wir jetzt heraus“, sagt Elch. „Wir fragen gleich die Schwäne dort: „Ihr Schwäne, woher kommt die Liebe?“
„Die Liebe kommt aus dem Herzen“, sagen die Schwäne.

Da sehen sie eine Vogelschar im Baum. „Ihr Vögel, könnt ihr uns sagen, woher die Liebe kommt?“ „Die Liebe kommt aus der Seele“, sagen die Vögel und fliegen fort in den unendlich weiten Himmel.
Die Freunde kommen an einem großen, alten Baum vorbei.
„Großer, alter Baum, woher kommt die Liebe?“
„Die Liebe fällt vom Himmel“, sagt der große, alte Baum.

Plötzlich kommt ein Känguru vorbeigehüpft. „Halt, Känguru, warte! Kannst du uns sagen, woher die Liebe kommt?“, fragen Eichhörnchen, Elch und Ente. „Die Liebe kommt aus dem Bauch“, sagt das Känguru.
„Davon habe ich schon mal gehört“, sagt Eichhörnchen und fasst sich an den Bauch. „Aber ich spüre hier nur Hunger.“
„Und ich“, sagt Elch, „habe Bauchweh in meinem Bauch.“ Eichhörnchen und Ente streicheln Elch über den Bauch. Einmal hin und einmal her und einmal rundherum. Plötzlich macht es „puuups“ und das Bauchweh ist weg. Da müssen Eichhörnchen, Elch und Ente furchtbar lachen.

Und dann ruhen sie sich erst mal aus von dem langen Weg. Und wie sie da zusammensitzen, wird es den drei Freunden ganz wunderbar wohlig warm ums Herz. „Vielleicht“, sagt Elch, „muss man ja nicht alles verstehen ...“ Und auf einmal spürt er ein kleines Kribbeln im Bauch.

Daniela Kulot (gekürzt)

# Der Sprung

In der Schule ist die Klasse bereits auf dem Pausenhof versammelt. Hannes wird mit Geschrei empfangen. „Ruhe!“, ruft Frau Söller, die Sportlehrerin. „Wir sind jetzt vollzählig. Also Abmarsch zum Hallenbad.“

Mit einem Mal ist das Bauchbrummen wieder da. Hannes geht an der Spitze der Klasse. Seine Freundin Susen geht neben ihm. Sie sagt: „Heute zeigst du es allen. Du legst ihnen einen feinen Sprung hin.“ Hannes’ Schritte werden immer langsamer und kürzer. Als sie an der Schwimmhalle ankommen, geht er am Schluss der Klasse. Und im Umkleideraum ist er der Letzte, der seine Badehose anzieht.

Frau Söller lässt die Mädchen und Jungen[1] am Schwimmbecken in Reih und Glied antreten. Sie wirft einen Ball ins Wasser und ruft: „Zuerst spielen wir uns warm. Dann üben wir den Kopfsprung.“

Hannes ist ganz elend zumute. Die Schweißtropfen stehen ihm auf der Stirn. Er sieht zum Sprungturm hoch. Ganz oben ist das Dreimeterbrett. Hannes versucht sich zu beruhigen. So hoch sieht das gar nicht aus, denkt er. Das schaffst du doch. Kein Problem.

Frau Söller ruft die Mädchen und Jungen aus dem Wasser. „Jetzt ist Hannes dran“, sagt Susen. „Er wird uns als Erster seinen Sprung vom Dreimeterbrett vorführen.“ „Hannes, bist du wirklich schon so oft von da oben gesprungen?“, fragt Frau Söller besorgt.

„Hundertmal. Mindestens“, antwortet Susen für Hannes. Sie ist schuld, dass er irgendwann einmal vor allen behauptet hat: „So ein Sprung ist kinderleicht.“ Nur weil Susen immer angeben will. Sie sagt, ihr Freund muss ein toller Mann sein. Einer wie Batman.

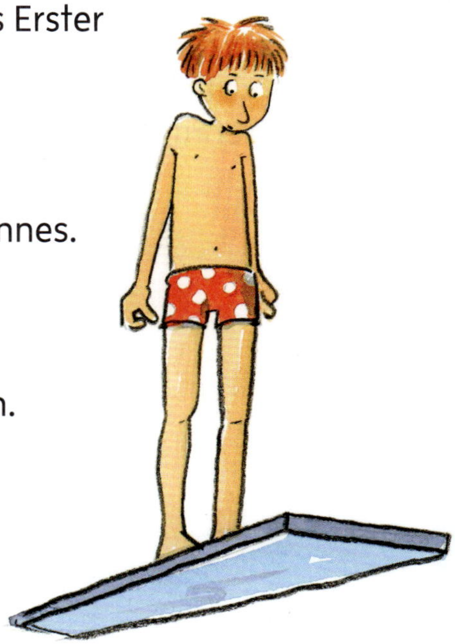

[1] Junge = Bub

„Nun gut, dann zeig uns den Sprung“, sagt Frau Söller. Sie springt selber ins Wasser und schwimmt zum Sprungturm hin, um bei einem Unfall sofort eingreifen zu können. Unter den anfeuernden Rufen der Klasse steigt Hannes die ersten Stufen des Sprungturms hinauf.

Das Bauchbrummen wird stärker. Und der Hals wird eng und trocken. Endlich steht er ganz oben. Mann, ist das tief! „Spring!“, schallt es herauf. „Springen!!!“ Langsam lässt Hannes das Geländer los. Er tritt an den Rand des Turmes. Dort bleibt er stehen. So lange, bis er ganz ruhig wird. Bis das Bauchbrummen verschwindet. Und sein Kopf wieder frei wird, dass er denken kann. Unten ist es ganz still geworden. Alle erwarten den Sprung.

Aber da tritt Hannes vom Rand des Sprungturmes zurück. Langsam steigt er die Stufen hinunter. Und dann steht er vor der Klasse. Er sieht den Jungen und Mädchen in die Augen. „Warum bist du nicht gesprungen, Mensch?“, ruft Susen enttäuscht. Die anderen beginnen zu lachen. Worte wie „Angeber“ und „Feigling“ sind zu hören. Da nimmt Hannes all seinen Mut zusammen. Es ist, als müsste er doch noch vom Dreimeterturm springen. Nur viel schwerer ist es. Er sagt: „Ich … hatte einfach Angst.“ Alle schweigen. Auch Frau Söller. Aber dann lächelt sie ihm aufmunternd zu.

Hannes sieht, wie Susen sich von ihm abwendet. Sie stellt sich neben Jens. Das gibt Hannes einen Stich in der Brust. Und doch fühlt er sich gut. Endlich kann er tief durchatmen. Er stößt Frau Söller den Ball aus der Hand. Der Ball fällt ins Wasser. „Jippiheijeee!“ Hannes springt vom Beckenrand dem Ball hinterher, dass das Wasser nur so spritzt.

Gunter Preuss (bearbeitet)

LE ► 2.1, 2.2, 3.1, 3.2, 3.6, 3.7, 4.1, 4.3

► **Lesetraining, Seite 46**

# Träume

**Das Kind träumt:**
Es läuft in den Park, die Sonne scheint. Auf dem Spielplatz, auf den Wippschaukeln, sitzen der Alex und die Andrea. Das Kind geht zur Wippschaukel hin. „Bäh!“, machen der Alex und die Andrea und strecken dem Kind die Zunge raus. Der Michi kommt dazu und sagt: „Wir spielen nicht mehr mit dir!“ „Weil du geizig bist“, sagt der Alex. „Nie gibst du uns etwas von deinen Bonbons ab!“, sagt die Andrea. Dann springen die Andrea und der Alex von der Wippschaukel und laufen mit dem Michi davon. Und das Kind steht ganz einsam da und ist traurig.

**Das Kind wacht auf:**
Es läuft in den Park, die Sonne scheint. Auf dem Spielplatz, auf den Wippschaukeln, sitzen der Alex und die Andrea. Das Kind geht zu den Wippschaukeln hin. Der Alex und die Andrea winken ihm zu. Der Michi kommt gelaufen und fragt das Kind: „Hast du Bonbons mit?“ Das Kind greift in die Hosentasche und holt eine Tüte Bonbons heraus. „Toll! Nougat!“, sagt der Alex. „Meine Lieblingssorte“, sagt die Andrea. Der Michi nimmt dem Kind die Bonbontüte aus der Hand, der Alex und die Andrea springen von der Wippschaukel, und dann laufen sie alle drei weg. Und das Kind steht ganz einsam da und ist traurig.

Christine Nöstlinger

- Wer oder was hilft dir, wenn du traurig bist? Du kannst ein Bild dazu zeichnen und es den anderen Kindern vorstellen.

# Warum Marie nicht gerne baden geht

„Nimm deine Badesachen! Wir fahren ins Schwimmbad!“, ruft Mama. „Ich bleibe lieber daheim“, sagt Marie. „Bei dem Wetter? Meine kleine Schwester ist wasserscheu“, spottet Lukas. „Komm schon“, sagt Mama. „Heute ist ein herrlicher Sommertag. Den sollten wir genießen. Du darfst dir auch eine extra große Portion Eis kaufen.“ Widerwillig holt Marie ihren blauen Badeanzug, den gelben Bikini und das Badetuch.

Während der Autofahrt zum Schwimmbad spricht Marie kein einziges Wort. „Freust du dich kein bisschen?“, fragt Mama. Marie zuckt mit den Schultern. Sie möchte am liebsten alles erzählen. Erzählen, dass sie im Schwimmbad immer von einem fremden Mann angestarrt wird. Und der sie auch immer wieder verfolgt. Aber sie hat nicht den Mut dazu. Sie weiß nicht, ob sie sich das alles nur einbildet.

Solange Mama und Lukas bei ihr sind, ist auch alles in Ordnung. Aber es dauert nicht lange und Lukas verschwindet mit seinen Freunden und Mama geht mit ihrer Freundin ins Café. Marie bleibt auf dem Badetuch sitzen. Immer wieder blickt sie sich vorsichtig um, aber dieser fremde Mann ist nirgends zu sehen.

Marie will Geld für das Eis holen und geht in die Kabine. Im Nu hat sie ihre Geldtasche gefunden und schlüpft wieder ins Freie. Auf einmal hat sie ein flaues Gefühl im Bauch. Da ist er. Dieser fremde Mann, der sie immer beobachtet und verfolgt. Sie hat Angst. Er sagt etwas zu ihr, das sie nicht versteht. Und schon spürt sie seine Hand auf ihrem Rücken.

Marie schreit. Sie schreit so laut, dass alle gelaufen kommen. Zuerst kommt Lukas mit seinen Freunden angerannt, dann Mama mit ihrer Freundin. Gemeinsam halten sie den Mann fest, jemand ruft die Polizei.

Marie zittert. Sie zittert am ganzen Körper, die Tränen rinnen über ihre Wangen. Mama hält sie fest und tröstet sie, Lukas streichelt ihr übers Haar. „Ich will, ich will“, stammelt und schluchzt Marie, „ich will jetzt ein großes Vanilleeis.“ Da lachen Mama und Lukas, und Marie lacht mit.

Christine Rettl

• Merke dir: Dein Körper gehört dir! Wenn du bei einer Berührung ein komisches Gefühl oder Angst hast, dann ist das nicht normal. Sprich mit einer Person darüber, der du vertraust. Das kann auch deine Lehrerin oder dein Lehrer sein.

LE ▶ 2.1, 2.2, 3.6, 3.7, 4.2, 4.3, 7.2

▶ **Lesetraining, Seite 48**

Dû bîst mîn, ich bin dîn:
des solt dû gewis sîn.
dû bist beslozzen
in mînem herzen,
verlorn ist daz slüzzelîn:
dû muost ouch immer drinne sîn.

- Dieser Text stammt aus dem Mittelalter und wurde in Mittelhochdeutsch verfasst. Könnt ihr den Text in das Deutsch übersetzen, das heute gesprochen wird?
- Versucht abwechselnd, den Text in Mittelhochdeutsch vorzutragen. Der Vokal î wird lang gesprochen!


LE ▶ 1.1, 2, 3.3, 3.5, 5.1
▶ Lesetraining, Seite 49

# So wurde man Ritter

Ritter wurde man erst nach einer jahrelangen strengen Ausbildung. Es war außerdem ein teurer Spaß! Ein Pferd und eine Rüstung kosteten nicht wenig. Deshalb konnten meist nur die Söhne reicher Familien Ritter werden.
Ein Bub, der Ritter werden wollte, begann seine Ausbildung schon mit sieben Jahren. Dann schickten ihn seine Eltern auf eine andere Burg. Dort wurde er **Page**. Er erlernte gute Manieren und auch das Kämpfen mit dem Schwert. Allerdings übte er nur mit einem Holzschwert und ritt nur auf einem hölzernen Pferd.
Im Alter von vierzehn Jahren wurde der Page zum **Knappen** ernannt. Ein Knappe kümmerte sich um die Pferde seines Ritters. Er polierte die Waffen und die Rüstung. Und wenn der Ritter in einen Krieg zog, war der Knappe an seiner Seite. Deshalb trainierte er schon mit richtigen Schwertern und anderen Waffen. Doch das Wichtigste war das Erlernen der Reitkunst.
Mit etwa einundzwanzig Jahren hatte der Knappe ausgelernt. Dann erhielt er in der Regel den Ritterschlag und wurde selbst Ritter. Der eigene Vater oder der Ritter, bei dem er gelernt hatte, schlug den Knappen in einer feierlichen Zeremonie zum **Ritter**. Stammte der Knappe aus einer bedeutenden Familie, gab sich der König persönlich die Ehre. Beim Ritterschlag gelobte er seinem Herrn, dem König und der Kirche zu dienen.

Laufbahn eines Ritters:
Page –> Knappe –> (Ritterschlag) Ritter

Mary Pope Osborne und Will Osborne (bearbeitet)

- Wenn du ein Ritter wärst, wie würdest du dich nennen?
  Stelle dich den anderen Kindern mit deinem Ritternamen vor.

LE ▶ 2.1, 2.2, 3.2, 3.3, 3.7, 7.1
▶ Lesetraining, Seite 50

# Was machten die Mädchen?

Wir lernen lesen, schreiben und rechnen. Das brauchen wir, wenn wir später Burgherrinnen sind.

Spinnen ist gar nicht leicht. Wir lernen auch sticken, nähen, weben und natürlich kochen.

Wir reiten genauso gut wie die Buben, auch wenn wir Damensattel haben.

# Johanna von Orléans

Oben hast du erfahren, was die Aufgaben der Mädchen im Mittelalter waren. Mädchen durften nicht kämpfen. Ein Mädchen tat es trotzdem …
**Johanna** war die Tochter französischer Bauern. Sie wurde 1412 geboren. Niemand kennt ihren genauen Geburtstag. Zu dieser Zeit stritten die Franzosen und die Engländer, wer in Frankreich als König regieren durfte. Johanna frage den französischen König Karl: „Darf ich für Sie kämpfen? Ich habe die Idee von einem Engel." Der König war schwer beeindruckt. Er sagte: „Na gut. Versuch dein Glück." König Karl ließ Johanna eine Rüstung machen. Er gab ihr ein kleines Heer. Johanna und ihr Heer vertrieben die englischen Belagerer vor der Stadt Orléans. Das machte vielen Menschen Mut. König Karl fand, das reichte.
Er wollte, dass Johanna aufhörte zu kämpfen, aber sie kämpfte ohne Erlaubnis weiter. Und Karl? Der war wütend und verriet sie an seine Feinde. Johanna von Orléans wurde auf dem Scheiterhaufen verbrannt. Später wurde sie für ihren Mut heiliggesprochen.

Friederike Peters (bearbeitet)



LE ▶ 2.1, 2.2, 3.3, 3.4, 3.7, 7.1

▶ Lesetraining, Seite 51

# Arme Ritter

**Zutaten**

4 dicke Scheiben Weißbrot
2 Eier
1 Glas Milch
Butter zum Braten
4 Esslöffel Zucker
ein wenig Zimt

**Du brauchst**

eine kleine Schüssel
einen tiefen Teller
eine Pfanne
einen Küchenfreund[1]
ein kleines Sieb
Besteck

1. Als Erstes vermischst du den Zucker mit ein wenig Zimt.

2. In einem tiefen Teller verquirlst du die Eier mit der Milch.

3. Als Nächstes weichst du die Brotscheiben kurz darin ein und legst sie beiseite.

4. Jetzt schmilzt du Butter in einer Pfanne.

5. Brate die Brotscheiben in der Pfanne, bis sie goldbraun und knusprig sind.

6. Nun streust du Zimt und Zucker darüber.

[1] Küchenfreund = Pfannenwender

Friederike Peters

# Der geheimnisvolle Maulwurfstollen

Johann von dem Raben war Siljas bester Freund. Silja lebte auf der Burg Fliedertau, Johann auf der gegenüberliegenden Grabenburg. Und zwischen den Burgen lag eine tiefe Schlucht. Zuerst waren ihre Eltern dicke Freunde gewesen, aber dann hatten sich die Rittervāter der Familien zerstritten. Und nun durften auch Johann und Silja einander nicht mehr besuchen.

Silja langweilte sich schrecklich. Johann fehlte ihr so sehr. Mit ihm hatte sie Ballwerfen und Wettlaufen, Fangen und Verstecken gespielt! Wenn sie nur den Weg durch die Schlucht zur Grabenburg gekannt hätte!

Eines Abends versuchte sie mit ihrem Kater Mingko Verstecken zu spielen. Aber er verstand das Spiel nicht und fand Silja immer viel zu schnell. Es wurde dunkel im Innenhof der Burg. Silja nahm eine Laterne und leuchtete in den alten Brunnen hinein, der vertrocknet war. Über der Öffnung lagen lange, schmutzige Bretter. Silja war neugierig geworden. Sie schob die Bretter eins nach dem anderen weg und kletterte vorsichtig an der alten Eimerschnur in den Brunnen hinunter. Die Laterne hielt sie zwischen den Zähnen fest. Klettern konnte sie wie ein Äffchen. Endlich unten! Silja leuchtete mit der Laterne. Vor ihr tat sich ein Tunnel auf!

Den hatten vor vielen Jahren Angreifer unter der Burgmauer hindurch gegraben. Ein richtiger Maulwurfstollen war das. Überall waren Holzbalken. Ihr Großvater hatte ihr von diesem Stollen erzählt. Früher einmal wollten Feinde die Balken anzünden, damit der Stollen einkrachte und mit ihm die Burgmauer darüber. Zum Glück hatte das nicht geklappt. Und später hatten die Burgbewohner vergessen, wo der Eingang zum Stollen lag und wohin der Tunnel führte. Unheimlich war es schon.

Siljas Laterne warf lange Schatten. Ob es hier unten Gespenster gab? Oder Spinnen? Silja schüttelte sich. Sie ging weiter und nach vielen Hundert Metern kam sie an eine Treppe. Und die Treppe endete an einer Falltür. Darunter klemmte ein Stein, damit sie nicht ganz zufallen konnte. Silja stemmte die Tür hoch und leuchtete mit ihrer Lampe umher. „Die Grabenburg“, flüsterte sie. Silja erkannte den Turm, in dem Johanns Zimmer lag. Nur noch die Stufen hoch und dann … Die grobe Holztür zu Johanns Turm war nur angelehnt. „Silja!“ Johann sprang von seinem Bett, auf dem er lag und die Sterne anguckte. „Wie kommst du denn hierher?“ „Johann! Unter dem alten Brunnen in unserem Burghof ist ein Maulwurfstollen. Der führt von Fliedertau bis zu eurer Grabenburg“, erklärte Silja. „Wenn unsere Eltern erfahren, dass du hier bist“, sagte Johann, „machen sie bestimmt ein Riesentheater.“ „Es kann ja erst einmal unser Geheimnis bleiben“, sagte Silja. „Komm, ich zeig dir den Tunnel.“

Sie nahm Johann bei der Hand. „Mir war so langweilig und öde ohne dich“, sagte Johann, „gut, dass du den Maulwurfstollen entdeckt hast. Jetzt können wir uns immer gegenseitig besuchen und alle geheimen Gänge erforschen.“ „Ja, und wenn uns die Eltern ertappen, sagen wir einfach, dass ihre Streiterei dumm und langweilig ist“, sagte Silja. „Und dass wir nicht mitmachen!“

Es dauerte nicht lange, da vertrugen sich die Ritterväter tatsächlich wieder miteinander. Der Maulwurfstollen aber blieb das Geheimnis von Johann und Silja.

Nortrud Boge-Erli und Chris Boge (bearbeitet)

LE ▶ 2.1, 2.2, 3.1, 3.7, 4.1
▶ Lesetraining, Seite 53

# Ein kleiner Einblick in die Drachologie

*(Achtung, hier darf man nicht alles glauben, was man liest!)*

**CHAMÄLEONS** sind die Verwandlungskünstler unter den Drachen, denn sie können die Farbe ihrer Umgebung annehmen. Das Chamäleon tarnt sich also, indem es versucht, zum Beispiel wie eine Pflanze auszusehen oder, wenn es ein Erdchamäleon ist, wie ein Stück Holz oder ein auf dem Boden liegendes Blatt. Die so genannten **Echten Chamäleons** sind Baumbewohner. Ihre Füße sind tolle Greifwerkzeuge. Die vorstehenden Augen des Chamäleons sind dem menschlichen Auge bei weitem überlegen. Sie sind äußerst beweglich und voneinander unabhängig. Chamäleons haben daher ein enorm großes Blickfeld und können bis auf einen Kilometer Entfernung scharf sehen! Einzigartig unter allen Lebewesen ist auch die „Schleuderzunge" des Chamäleons, die so wirkt, als wäre sie an einem Stück Gummiband befestigt.

**CHINESISCHE DRACHEN** China wird von vielen Drachenforschern als die Ur-Heimat der Drachen angesehen. Fernöstliche Drachen sind mächtige, schöne und starke Wesen, die Glück und Ruhm verheißen. Jahrtausendelang hielt sich in China die Meinung, Drachen würden für den lebensnotwendigen Regen sorgen. Als Stellvertreter für die echten Drachen formte man Drachen aus Lehm, die bei den Gebeten um Regen eine wichtige Rolle spielten. Chinesische Drachen sind häufig gelb, da Gelb die Farbe der Erde ist.

**DRACHENHAUT** besteht aus kleinen Schuppen, ist elastisch und anscheinend sehr haltbar. Es heißt, im 13. Jahrhundert wären aus Drachenhaut Regenschirme hergestellt worden, auch Handtaschen, Sommerschuhe sowie Gürtel, Strumpfhosen und Badeanzüge.

**GECKOS** sind weit verbreitet. Es gibt sie in Regenwäldern genauso wie in Wüsten oder Steppen. Die kleinste Gecko-Art erreicht nur 3,5 cm, die größte immerhin 40 cm Länge. Allen Geckos gemeinsam ist eine weiche Haut, die – wie bei den Drachen im Allgemeinen – mit Schuppen besetzt ist. Geckos können, wie unsere heimischen Eidechsen, den Schwanz abwerfen, sobald Gefahr im Verzug ist. Vielen Geckoarten wie dem Mauergecko ist es möglich, an glatten Flächen entlangzulaufen oder sogar an ihnen hochzuklettern.

**KAUGUMMI** aus Drachenhaut schmeckte, wenn es stimmt, was in alten Chroniken berichtet wird, herb würzig und ein bisschen nach Pfefferminze, was wohl damit zu tun hat, dass die wilde Minze zu den Lieblingsspeisen vieler Drachenarten zählte.
Kaugummi wurde nämlich im Mittelalter genauso wenig wie heute aus Gummi hergestellt, sondern – damals – aus Drachenhaut, vorzugsweise der weichen und dünnen Bauchhaut des Drachen, die man in mundgerechte Streifen schnitt. Drachenhautkaugummi galt als unverwüstlich und hatte praktisch kein Ablaufdatum; er konnte, wenn er nicht irrtümlich verschluckt wurde, jahrelang gekaut werden, ohne seinen typischen Geschmack zu verlieren.

**KUSCHELDRACHEN** sind eher zart von Wuchs, können meistens in der Waschmaschine mit 40 Grad gewaschen werden, leben hauptsächlich in Kinderzimmern, halten sich sogar in Schultüten auf und werden der großen Familie der Plüschtiere zugerechnet.

**TIERHALTUNGSGESETZ** Laut Gesetz dürfen Drachen über drei Meter Körperlänge in Österreich nicht zu Hause gehalten werden. Ausnahmen gibt es leider nur für Zoos, Dompteure und befugte Drachenhändler.

Franz Sales Sklenitzka (bearbeitet)

- Weißt du, was das Wort „Dompteur“ bedeutet?
- In dem Text sind Wahrheit und Fantasie durcheinandergekommen. Was stimmt und was ist erfunden?


▶ Lesetraining, Seite 54

# Erfindungen

Als der erste Mensch auf die Welt kam,
fand er die Welt noch leer. Er ging herum,
bis er müde war. Da fehlt doch etwas,
dachte er, ein Dings, ein vierbeiniges, worauf
man sitzen kann. Und er erfand den Stuhl[1].
Er setzte sich und schaute in die Weite.
Wonderful. Wunderbar.
Aber irgendwie nicht wunderbar genug.
Da fehlt doch etwas, dachte er, ein Dings, ein viereckiges, unter das
man die Beine strecken, auf das man die Ellenbogen stützen kann.
Und er erfand den Tisch.
Er streckte seine Beine darunter, stützte seine Ellenbogen darauf und
schaute in die Weite. Wonderful.
Aus der Weite aber kam allmählich ein Wind und mit ihm zogen
dunkle Wolken heran. Es begann zu regnen. Nicht wonderful.
Da fehlt doch etwas, ein Dings mit einem Dings darauf,
das einen vor Wind und Wasser schützt. Und er erfand das Haus.
Er holte Stuhl und Tisch herein, setzte sich, streckte die Beine,
stützte die Ellenbogen auf und schaute durchs Fenster in den Regen.
Wonderful.
Hinter dem Regen sah er jetzt einen anderen Menschen. Er kam
auf das Haus zu. „Darf ich unterstehen?“, fragte der andere Mensch.
„Please“, sagte der erste. „Bitte.“
Er zeigte dem anderen, was er alles erfunden hatte:
den Stuhl zum Sitzen, den Tisch für die Beine und die Ellenbogen,
das Haus mit den vier Wänden und dem Dach darüber gegen Wind
und Wasser, die Tür zum Hineingehen, das Fenster zum Hinausschauen.
Als dann der andere Mensch alle Erfindungen gesehen, ausprobiert
und gelobt hatte, fragte der erste: „Und Sie, lieber Nachbar?“
Der andere schwieg. Er getraute sich nicht zu sagen,
dass er den Wind und den Regen erfunden hatte.

[1] Stuhl = Sessel

Jürg Schubiger (bearbeitet)



LE ▶ 2.1, 2.2, 3.2, 3.3, 3.6, 3.7
▶ **Lesetraining, Seite 55**

# Bekannte Erfinder und Erfinderinnen

Im Jahre 1438 erfand **Johannes Gutenberg** in Mainz den Buchdruck mit beweglichen Buchstaben. Diese konnte man zu Worten und Zeilen zusammensetzen. Sie konnten wieder für weitere Texte gebraucht werden. Zuerst druckte er eine Bibel. Mit seiner Erfindung konnte man Bücher schneller und billiger herstellen. Bald gab es deshalb auch Bücher nicht nur für reiche Leute, es gab auch Zeitungen und schließlich auch Bücher für Kinder.

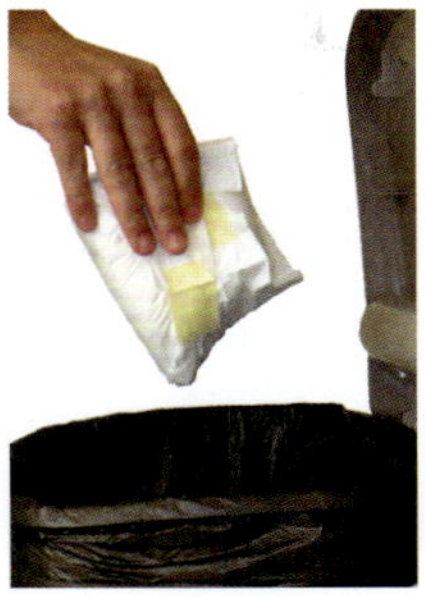

**Marion Donovan** (1917–1998) gilt als die Erfinderin der Wegwerfwindeln. Und so kam es dazu: Damals trugen alle Babys Stoffwindeln, die oft undicht waren, und Donovan hatte eine sensationelle Idee: Sie nähte aus einem Duschvorhang eine Windelhose, die über der Stoffwindel getragen werden konnte. So waren die Windeln dicht. Später entwickelte sie dann Wegwerfwindeln aus saugfähigem Papier.

Bis in die ersten Jahre des letzten Jahrhunderts lebte **Thomas Alva Edison** (1847–1931). Er machte über 1000 Erfindungen. Am bekanntesten ist die Glühbirne. Ebenso hat er zum Beispiel den Phonographen erfunden, der Tonaufnahmen abspielte. Dieses Gerät war der Vorläufer der Plattenspieler und späteren CD-Player.

**Josephine Cochrane** lebte von 1839 bis 1913 in den USA. Sie war eine reiche, gesellige Frau und gab viele Partys. Sie wollte selbst nicht abwaschen, deshalb erfand sie ein Gerät für den Abwasch: Sie erfand den Geschirrspüler. 1886 ließ Cochrane ihre Erfindung patentieren.

Hans-Dieter Bunk und Margarete Mittermayr

# Lise Meitner – eine österreichische Wissenschaftlerin

Lise Meitner wurde im November 1878 in Wien geboren. Schon als Kind interessierte sie sich sehr für Naturwissenschaften.
Sie wollte unbedingt studieren, was für eine Frau in dieser Zeit fast unmöglich war. Die Matura legte sie 1901 extern an einem Knaben-Gymnasium ab.
Sie studierte schließlich Mathematik und Physik und war die zweite Frau, die in Wien den Doktortitel erlangte.
Lise Meitner beschäftigte sich mit der Erforschung der Radioaktivität. 1907 ging sie nach Berlin, wo sie weiterstudieren „durfte", obwohl das damals für Frauen sehr ungewöhnlich war.
Seit dieser Zeit arbeitete sie mit dem deutschen Chemiker Otto Hahn zusammen.
Im 1. Weltkrieg arbeitete Lise Meitner hauptsächlich als Krankenschwester, aber in ihrer Freizeit führte sie ihre Studien weiter. Nach dem Krieg bekam sie eine eigene Forschungsabteilung in Berlin, wo sie bis 1938 arbeitete.
Dann brachte die politische Situation Unruhe in ihr Leben. Weil ihre Eltern Juden waren, musste sie Deutschland verlassen und floh nach Schweden. Sie blieb aber im Briefkontakt mit ihrem Kollegen Otto Hahn, der – nicht zuletzt aufgrund ihrer Ideen – im Dezember 1938 die Kernspaltung entdeckte. Otto Hahn bekam 1944 allein den Nobelpreis für Chemie, Lise Meitners Anteil an der Entdeckung der Kernspaltung wurde jahrelang verschwiegen.
Nach dem Krieg erhielt Lise Meitner viele wissenschaftliche Preise, hielt Vorträge in der ganzen Welt und wurde als Forscherin anerkannt. 1968 verstarb sie in England.

Monika Anzenberger (gekürzt)



LE ▶ 2.1, 2.2, 3.1, 3.2, 3.3, 4.1, 7.1

▶ Lesetraining, Seite 57

# Erfundene Erfinderinnen und Erfinder

Das ist
Peppi Pfiffig

Er erfand den Hausaufgaben-Roboter, der alle Hausaufgaben erledigt.

Das ist
Susi Schlaukopf

Sie erfand die Schultaschen-Packmaschine, die nichts vergisst.

Das ist
Sebastian
Hurtig

Er erfand
den Schulweg-Hubschrauber.

Das ist
Karl
Kuddel-muddel

Er erfand die
Alleswegräum-Maschine.

Das ist Carla Clever

Sie erfand den Null-Fehler-Füller, der immer alles richtig schreibt.

Das ist Tina Tadellos

Sie erfand die Fernglas-Brille.
Damit kann sie noch aus 15 Meter Entfernung abschreiben.

Hans-Dieter Bunk und Margarete Mittermayr

• Was würdest du erfinden? Du kannst auch eine Zeichnung davon machen.

# Auf dem Patentamt

*Spielanleitung: Auf der Bühne steht ein Schreibtisch.*
*Im Hintergrund hängt ein Schild: Patentamt.*
*Der 1. Mann sitzt am Schreibtisch und schreibt etwas.*

Ansager: Wir befinden uns hier beim Patentamt. Wie ihr sicher alle wisst, kann man beim Patentamt neue Erfindungen anmelden. Dadurch kann man seine eigenen Erfindungen schützen, damit nicht jemand anderer, ohne zu fragen, die Erfindung benutzt, um damit Geld zu verdienen.

*Es klopft.*

1. Mann: Herein.

2. Mann: *Betritt die Bühne. Er trägt unter dem Arm ein Paket.*
Guten Tag.

1. Mann: Guten Tag, der Herr, was wünschen Sie?

2. Mann: Ich bin doch hier richtig auf dem Patentamt?

1. Mann: Naja, nicht auf dem Patentamt, aber im Patentamt sind Sie hier richtig. Was kann ich für Sie tun?

2. Mann: Ich möchte meine geniale Erfindung zum Patent anmelden.

1. Mann: So, so, was haben Sie denn so Geniales erfunden, wenn ich fragen darf?

2. Mann: Eine Fliegenfalle.

1. Mann: *Lacht.*
Aber, mein Herr, Mittel gegen Fliegen gibt es doch schon genug.

2. Mann: Das mag ja alles sein. Aber meine Fliegenfalle ist etwas ganz Besonderes.

1. Mann: Na, dann lassen Sie Ihre besondere Fliegenfalle doch mal sehen. Sie haben sie doch sicherlich mitgebracht.

2. Mann: Aber natürlich habe ich meine Fliegenfalle mitgebracht. Glauben Sie vielleicht, die lasse ich auch nur eine Sekunde aus den Augen, solange sie nicht durch das Patentamt geschützt ist?

1. Mann: Ja, dann lassen Sie mal sehen.

2. Mann: *Stellt das Paket vorsichtig auf den Schreibtisch und packt es aus. Es wird ein Brett sichtbar, auf dem ein Wassereimer steht. Über dem Wassereimer führt eine Stange von einem Ende des Eimers zum anderen.*

Na, jetzt passen Sie mal genau auf, Ihnen werden gleich die Augen übergehen, bei dieser genialen Erfindung. Diese Fliegenfalle ist das Tollste, das es seit Menschengedenken gegeben hat. Sehen Sie diese Stange hier.

*Deutet auf die Stange.*

Sie führt genau über den Eimer mit Wasser. Die Stange ist mit Honig und Schmierseife bestrichen. Durch den Geruch des Honigs wird die Fliege angelockt und setzt sich auf die Stange. Sie rutscht auf der Schmierseife aus und fällt in den Wassereimer. Jetzt gibt es genau zwei Möglichkeiten, entweder die Fliege kann nicht schwimmen, dann ertrinkt sie.

1. Mann: Und die zweite Möglichkeit?

2. Mann: Na, die zweite Möglichkeit wäre, die Fliege kann schwimmen. In dem Falle rettet sie sich hier auf diese Leiter, *zeigt auf die Leiter* die aus dem Wassereimer herausführt.

1. Mann: Ja, aber warum haben Sie denn die Leiter angebracht, wenn sich die Fliege darüber retten kann?

2. Mann: Ja, mein Herr, das ist ja der Trick. Ich habe die zweite Sprosse der Leiter heimlich angesägt.

*– Vorhang –*

Heinz Schmalenbach

• Spielt das Gespräch. Die Fliegenfalle könnt ihr euch vorstellen oder sie sogar nachbauen.

# Der Traum vom Fliegen

*Der Traum des Menschen vom Fliegen, der Wunsch, die Sterne zu erreichen, ist so alt wie die Menschheit selbst. Und es ist leicht nachzuvollziehen, dass ein Mensch in der Steinzeit, der plötzlich einem wilden, angreifenden Tier gegenüberstand, sich danach sehnte, aufspringen und wie ein Vogel fortfliegen zu können.*

Nach einer alten griechischen Sage war **Dädalus**, der Erfinder aus Athen, der erste Mensch, der fliegen konnte. Er und sein Sohn **Ikarus** wurden auf der Insel Kreta von König Minos in einem Labyrinth gefangen gehalten. Um zu fliehen, formte Dädalus Flügel aus Wachs, in die er Vogelfedern steckte. Während des Fluges stieg Ikarus zu hoch und die Sonne ließ das Wachs schmelzen. Er stürzte ins Meer und ertrank.

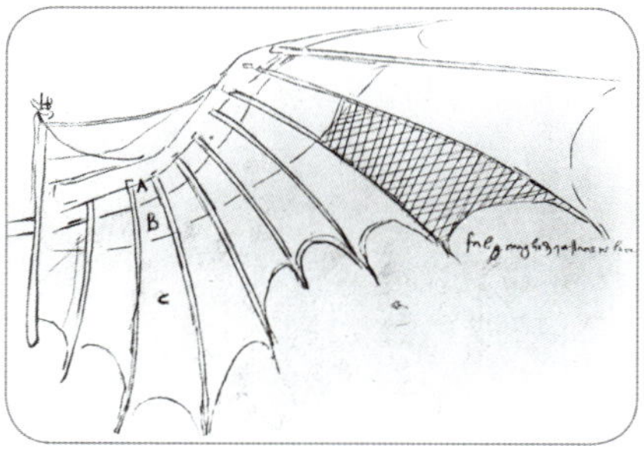

**Leonardo da Vinci** war nicht nur der größte Mathematiker des 15. Jahrhunderts, sondern auch ein bekannter Maler, Architekt, Bildhauer und Ingenieur. Er studierte den Vogelflug und die Luftbewegung und kam zu dem Schluss, dass die Vögel fliegen, weil sie mit den Flügeln schlagen, und dass der Mensch das Gleiche tun könnte. Leonardo entwarf ein Schwingenflugzeug, eine flügelschlagende Flugmaschine. Die Flügel sollten mit Armen und Beinen bewegt werden.

Die französischen **Brüder** Michel-Joseph (1740–1810) und Etienne-Jacques (1745–1799) **Montgolfier** eiferten nicht mehr den Vögeln nach, sondern fingen über einem Feuer in einem Ballon heiße Luft ein. Als erste Passagiere reisten im September 1783 ein Schaf, eine Ente und ein Hahn mit diesem Heißluftballon. Kurze Zeit später stieg der erste bemannte Heißluftballon auf. Übrigens: Einen Ballonaufstieg nennt man nicht Flug, sondern Fahrt.

**Otto Lilienthal** (1848–1896) baute 1891 den sogenannten Hängegleiter. Das fledermausartige Gebilde aus Weidenstäben und Segeltuch konnte gesteuert werden. Lilienthal führte viele hundert Flüge durch und flog dabei bis zu 300 m weit. Er stürzte 1896 bei einem Gleitflug ab und starb.

Viele Tüftler[1] versuchten um 1900 eine Flugmaschine zu bauen. Als erste Menschen flogen im Jahre 1903 die Amerikaner **Wilbur und Orville Wright** mit einem Motorflugzeug, dem Flyer. Ihr erster Flug dauerte 12 Sekunden und die Strecke betrug 36 Meter. Orville lag dabei auf der unteren Tragfläche und lenkte.

*Mit rasanter Geschwindigkeit ging die Entwicklung der Flugzeuge weiter. Man flog immer höher, weiter und länger. Heute greifen wir nach den Sternen …*

Andrea Böhm (gekürzt)

[1] Tüftler = ein Mensch, der durch Nachdenken oder Probieren etwas herausfindet oder entdeckt


▶ Lesetraining, Seite 60

# Die Zeit

Man kann sie nicht riechen,
man kann sie nicht schmecken,
man kann sie einfach
nirgends entdecken.

Man kann sie vergeuden,
man kann sie vergessen.
Doch was man versäumt hat,
kann man nicht messen.

Man kann sie nicht kaufen,
man kann sie nicht borgen.
Man sucht das Gestern,
schon ist es morgen.

Man kann sie gut nutzen
und jemandem schenken,
und wenn man Zeit hat,
an sie denken.

Gerald Jatzek



LE ▶ 1.1, 2.1, 2.2, 5.1, 6

▶ Lesetraining, Seite 61

# Wie im Flug

Kevin fährt mit seinen Eltern auf Urlaub zu Oma Fidji und Mama und Papa sind wieder einmal ziemlich in Eile. Alles muss immer schnell gehen.

Der Flughafen kommt Kevin wie ein Ameisenhaufen vor. Alle Leute rennen mit Koffern, Wägelchen und Kindern im Schlepptau durch die Halle. „Was bedeuten die vielen Uhren an der Wand?“, fragt Kevin. „Die zeigen an, wie spät es in verschiedenen Städten der Welt ist“, sagt Kevins Mutter. „Kommt endlich! Für solche Fragen ist jetzt keine Zeit!“, unterbricht Kevins Vater.

„Nach all dem Gehetze heute Morgen scheint die Zeit jetzt im Flugzeug stillzustehen“, jammert Kevin gelangweilt. Kevins Vater lächelt: „Das stimmt nicht ganz. Die Zeit vergeht hier wie im Flug.“ „Das heißt, sie vergeht schneller?“, fragt Kevin ungläubig. „Sie vergeht einmal schneller und einmal langsamer, je nachdem, wie man fliegt.“ Kevins Vater kramt eine kleine Weltkarte aus seiner Tasche, die er vor seinem Sohn ausbreitet. Dann beginnt er zu erklären:

„Früher hatte jeder Ort eine eigene Zeit, die Ortszeit. Wenn die Sonne am höchsten stand, wusste man, es ist 12 Uhr Mittag. Als die Leute aber mit Zug und Flugzeug zu reisen begannen, entstand ein großes Wirrwarr. Niemand wusste mehr, wie spät es unterwegs war und wann er ankommen würde. Deshalb teilte man die Welt in Zeitzonen auf.

Fliegt man mit dem Flugzeug Richtung Osten, vergeht die Zeit schneller.“ „Fliegen wir denn jetzt Richtung Osten?“, fragt Kevin. „Nein, wir fliegen Richtung Westen“, erklärt Kevins Vater weiter. „Wir reisen nicht mit der Zeit, sondern gegen die Zeit. Das heißt, sie vergeht viel langsamer.“ „Und die Uhr läuft rückwärts?“ fragt Kevin. „Stimmt genau!“, sagt Kevins Vater. „Wir überspringen eine Nacht und kommen zur gleichen Zeit an, wie wir weggeflogen sind.“ Kevin überlegt eine ganze Weile und meint: „Dann lebt Oma Fidji in der Vergangenheit.“ Seine Eltern lachen.

Franz-Joseph Huainigg (gekürzt)

LE ▶ 2.1, 2.2, 3.2, 3.3, 3.7, 4.2, 7.1
▶ Lesetraining, Seite 62

# Zeit-Wörter

Ich bin,
du bist,
wir sind –
so lernt es jedes Kind.

Ich war,
du warst,
wir waren –
auch das ist bald erfahren.

Doch was dazwischen
so geschwind,
von Tag zu Nacht
vorüberrinnt –
das ist,
das wird gewesen sein:
dein Wirbelwind
von Jahren,
der eben erst
beginnt.

Max Kruse


LE ▶ 1.1, 2, 5.1, 7.2
▶ Lesetraining, Seite 63

# Theodor trödelt

Jeden Morgen sagt Mama: „Beeil dich, Theodor! Wir müssen los.“ Aber bevor Theodor mitkommen kann, muss er noch alles Mögliche erledigen. Er baut in seinem Zimmer aus Schachteln und Klötzen[1] einen hohen Turm. „Beeil dich, Theodor!“, ruft Mama. Aber Theodor will erst noch seine Autos aufräumen. Denn sonst stellt Mama nachher beim Staubsaugen wieder alles verkehrt in den Schrank.

„Beeil dich, Theodor!“, ruft Mama. Aber Theodor will noch ein kleines Lied auf dem Klavier spielen. Das übt er jeden Morgen. „Beeil dich, Theodor!“, sagt Mama und schaut ungeduldig auf ihre Uhr. Aber Theodor muss noch seine Schnürsenkel[2] zubinden. Er kann schließlich nicht barfuß zur Schule gehen!

Als sie zum Bus laufen, bleibt Theodor vor dem Nachbargarten stehen. Dort wachsen schöne Blumen, die er sich alle ansehen will. „Komm weiter, Theodor!“, ruft Mama. Aber Theodor bleibt stehen, um noch kurz mit der alten Dame zu plaudern, die auch auf den Bus wartet. „Einsteigen, Theodor!“, ruft Mama.

Als sie im Bus sitzen, fragt die Dame, ob Theodor ein Bonbon haben möchte. „Gern“, sagt Theodor. Die Dame durchsucht ihre Tasche und alles Mögliche kommt zum Vorschein. „Wo hab ich nur die Bonbons hingetan?“ „Komm jetzt, Theodor, wir müssen gleich aussteigen“, ruft Mama. Aber Theodor will noch auf sein Bonbon warten. An der Schule steigen sie aus. „Ich hab ganz vergessen, mich zu bedanken“, sagt Theodor und bleibt stehen. „Dafür ist jetzt keine Zeit mehr“, schimpft Mama. „Komm endlich, Theodor!“

Der Schulhof ist leer. Überrascht sieht Theodor sich um. Wo ist bloß Herr Vogel? Er wartet doch sonst jeden Morgen, bis alle Kinder da sind. Theodor kommt immer als Letzter. Seltsam, denkt Theodor. Warum ist Herr Vogel nicht da? „Beeil dich, Theodor!“, ruft Mama. Im Flur[3] zieht Theodor seine Jacke aus. Fast alle Haken sind belegt. Die anderen Kinder sind schon im Klassenzimmer. Mama gibt ihm einen Kuss. „Hab einen schönen Tag, Theodor. Und jetzt schnell ab mit dir!“

[1] Klötze = Bausteine [2] Schnürsenkel = Schuhbänder [3] Flur = Gang

Theodor will sich beeilen, aber bevor er ins Klassenzimmer gehen kann, muss er erst noch schnell einen Lappen[4] holen. Als er den Flur entlangläuft, sieht er Herrn Vogel ganz still auf einem Hocker sitzen. Komisch, denkt Theodor. Sonst ist Herr Vogel doch immer mit etwas beschäftigt. Ob er vielleicht krank ist? Schnell rennt Theodor in sein Klassenzimmer, um der Lehrerin Bescheid zu sagen. Die Lehrerin ruft einen Krankenwagen.

Theodor sieht, wie Herr Vogel von zwei Krankenpflegern weggetragen wird. „Das war Rettung in letzter Sekunde!", sagt die Lehrerin. „Du bist genau zur rechten Zeit gekommen." Theodor wird rot. Es ist das allererste Mal, dass er zur rechten Zeit gekommen ist!

Am nächsten Tag geht Theodor ins Krankenhaus. Er hat Herrn Vogel einen Blumenstrauß mitgebracht und erzählt ihm ein paar von seinen besten Witzen. Herr Vogel sieht jetzt viel fröhlicher aus. Mama schaut schon wieder auf ihre Uhr. „Wir müssen gehen, Theodor, sonst verpassen wir den Bus." „Gleich", sagt Theodor. „Ich kenn noch einen guten Witz."

Mama läuft schnell über die Straße. „Da ist der Bus! Beeil dich, Theodor!" Aber Theodor schaut einem Flugzeug nach. „Halt, bitte warten Sie!", ruft Mama dem Busfahrer zu. „Sieh mal, da am Fenster", sagt Theodor. „Herr Vogel winkt uns nach."

Der Bus ist weg. „Jetzt sind wir zu spät gekommen!", sagt Mama wütend. „Nein", sagt Theodor. „Wir sind genau zur rechten Zeit gekommen für den nächsten Bus!"

Rian Visser

[4] Lappen = Putzfetzen



LE ▶ 2.1, 2.2, 3.1, 3.6, 3.7, 4.2

▶ Lesetraining, Seite 64

# Wie Compton Valance zum mächtigsten Jungen des Universums wurde

Eines Tages nahm ein hundsgewöhnlicher Junge ein hundsgewöhnliches Käse-Ei-Sandwich als Pausenbrot mit zur Schule.

Dann vergaß Compton – der hundsgewöhnliche Junge – das hundsgewöhnliche Käse-Ei-Sandwich in der Lunchbox, und es gammelte drei Wochen lang unten in der Schultasche vor sich hin, bis es total stinkig und schimmelig war.

Als der Gestank schließlich so entsetzlich stinkig stank, dass Compton fürchtete, sein Riechkolben werde vor Grauen verschrumpeln, beschloss er ein Experiment durchzuführen:

Mit seinem besten Freund, Bryan Nylon, packte Compton das Sandwich in einen Schuhkarton, um es ganz hinten in Comptons Kleiderschrank noch zehn Wochen lang weitervergammeln zu lassen.

Das Sandwich stank so infernalisch[1], dass die Freunde für dieses Experiment supersichere Spezialschutzkleidung brauchten: Compton trug einen Morgenmantel, verkehrt herum angezogen, Gartenhandschuhe und eine Schweißermaske, Bryan Spülhandschuhe und eine 3D-Brille.

Nachdem das Sandwich zehn Wochen lang in aller Ruhe vor sich hin gegammelt und gestunken hatte, wurde es von Compton und Bryan aus dem Schuhkarton geholt. Es hatte jetzt einen eklig schimmelgrünen Farbton und sah matschig und ein bisschen wie Katzenkotze aus.

Innen war es braun, glitschig und glibberig. Ein richtiger Leckerbissen! Und das Teil stank so übel, als hätte eine ganze Herde Nashörner Compton und Bryan ins Gesicht gefurzt.

Im Dienste der Wissenschaft steckten sich die Freunde je ein kleines Stückchen des ekligen Sandwichs in den Mund und schluckten es herunter.

[1] infernalisch = unerträglich

Worauf sie zu ihrem endlosen Erstaunen feststellten, dass sich ihr schimmliges Stinke-Sandwich in eine zischende, knisternde Zeitmaschine verwandelt hatte ...

... mit der sie in die Vergangenheit und Zukunft reisen konnten und die sie zu den mächtigsten Jungen des Universums machte! (Zumindest beinahe.)

**Hier jetzt aber erst mal eine Warnung höchster Sicherheitsstufe!**

Zur Herstellung eines Zeitreise-Sandwichs muss man unbedingt Schweizerkäse mit besonders vielen Löchern und ein exakt sieben Minuten lang gekochtes Ei verwenden – sonst funktioniert es nicht! Im Jahre 2014 versuchte ein französischer Wissenschaftler namens Henri Tromper ein Zeitreise-Sandwich mit Camembert[1], rohen Zwiebeln und eingelegten Froschschenkeln anzufertigen. Das Ergebnis war so katastrophal, dass Trompers Labor sofort geschlossen wurde und er selbst mitsamt zwei weiteren Wissenschaftlern dazu verurteilt wurde, die nächsten achtzehn Jahre auf dem Klo zu verbringen.

**Und hier noch eine Zusatzwarnung höchster Sicherheitsstufe!**

Überhaupt solltet ihr unter keinen Umständen versuchen, euch zu Hause ein Zeitreise-Sandwich zu basteln! Dazu braucht man nämlich das eigens dafür angefertigte Mobillabor ZEITVAK3000!

Matt Brown

- Vielleicht ist das doch nicht das einzige Rezept für ein Zeitreise-Sandwich ... Mit welchen Zutaten würdet ihr es versuchen?

[1] Camembert = ein aus Frankreich stammender Käse



LE ▶ 2.1, 2.2, 3.6, 3.7, 4.2, 4.3, 5.2
▶ **Lesetraining, Seite 65**

# Rätsel

Zwei Brüder gehn die Runde,
der Große geht voraus.
Jedoch geht er ganz langsam,
es sieht genau so aus,
als ob er auf der Stelle steht,
auch wenn er sich im Kreise dreht.

Der Kleine hat es schwer.
Er schleicht noch hinterher.
Doch zweimal ist er, muss man loben,
mit dem Großen oben.
Am Mittag und zur Mitternacht
hat er den schweren Weg vollbracht.

Die Uhrzeiger

Heinz Brand

Du jagst mich, und ich jage dich,
du kriegst mich nicht, ich krieg dich nicht:
Unmöglich kanns geschehen,
dass wir, Bruder und Schwester, uns sehen.

Tag und Nacht

Volksgut

# Was ist das Internet genau?

Genau genommen handelt es sich dabei nur um eine Möglichkeit, und zwar die von unserem eigenen Computer Milliarden andere auf der ganzen Welt zu erreichen. Dabei hilft uns ein gigantisches Netz aus Kabeln und Funksignalen. Über diese Verbindungen verschicken wir pausenlos kreuz und quer Nachrichten, Bilder, Musik oder Videos rund um den gesamten Erdball und beschaffen uns umgekehrt Informationen aus aller Welt. Zum Beispiel erfahren wir, ob Japaner auch Katzen als Haustiere halten oder welche Musik bei Kindern in Australien gerade besonders beliebt ist.
Alle Informationen flitzen in Form von Datenpaketen in Sekundenschnelle durch die Wand oder durch die Luft über Länder und Berge hinweg. Sogar Ozeane durchqueren sie auf dem Weg an ihr Ziel durch das millionenfach verzweigte Netz. Nach ihm ist das Internet auch benannt. „Internet“ ist nämlich die Abkürzung für „Interconnected Networks“. Das heißt „verbundene Netze“.

*Jan Holleben, Jane Baer-Krause und Kristine Kretschmer*



LE ▶ 2.1, 2.2, 3.2, 3.3, 3.7, 4, 7.1

▶ **Lesetraining, Seite 67**

# Was das Internet alles kann

Ameisenfan Mimi möchte wissen, was das Besondere an der ostsibirischen Waldameise ist. Darum fragt sie ihre Eltern, doch die wissen es nicht. Ihr Biologielehrer ist leider krank und die Bibliothek hat schon geschlossen. Das Internet aber hat immer geöffnet. Nach wenigen Klicks weiß Mimi, dass die ostsibirische Waldameise zur Not zwei Wochen unter Wasser leben kann. Ähnlich wie bei Mimis Informationssuche erleichtert das Internet vielen Menschen das Leben und die Arbeit.

## Das Internet liefert Informationen

Das Internet ist ein riesiger, weltweiter und aktueller Speicher an Informationen. Hier sagen viele Menschen ihre Meinung. Manchmal stoßen sie damit wichtige Diskussionen an. Außerdem organisieren sich mutige Bürger in vielen Ländern online gegen politische Missstände. So erfährt die ganze Welt davon.

Informationen sind aber nicht immer gleich Wissen. Erst wenn du die Informationen auf ihre Richtigkeit überprüft hast, wird daraus Wissen.

Da jeder im Web mitmachen kann, steht hier auch viel Falsches. Verlass dich nicht blind auf die Informationen.

Thomas Feibel

LE ▶ 2.1, 2.2, 3.2, 3.4, 5.2
Lesetraining, Seite 68, 69

# Betthupferl

Die Mutter erzählte
dem Kind im Bett:
„Es war einmal eine Maus,
die riss eines Tages einfach aus …"
Das Kind unterbrach sie erschrocken:
„Hoffentlich nicht unsere,
wie surfe ich sonst durchs Internet?"

Hans Manz

- Wie surfst du im Internet? Wieviel Zeit in der Woche bist du online? Sprich mit einem anderen Kind darüber.
- Ihr könnt auch eine Umfrage in der Klasse machen.

# Immer on?

Es plingt und surrt und piept, blinkt und leuchtet und brummt.
Ständig macht sich das kleine Gerät bemerkbar.

Statt zu piepen oder zu brummen, könnte es auch rufen:
„Schau mich an!", oder: „Spiel mit mir!"
Würden Geschwister einem derart auf die Nerven gehen,
hätten wir sie ratzfatz vor die Tür gesetzt.

Doch mit diesem Apparat haben wir eine Engelsgeduld.
Wir legen ihn abends neben das Kopfkissen und
nehmen ihn morgens beim Zähneputzen mit ins Bad.
Sobald er sich meldet, schauen wir nach, was los ist.
Worum geht es hier? Ums Handy.
Und was los ist? So allerhand.

Die Freundin bittet um Hilfe bei der Mathe-Hausaufgabe.
Der Junge aus dem Handballverein schickt das Foto
einer miesepetrigen Katze.
Der Nachbarin ist langweilig, sie schickt ein „Hi!" an fünf
Freundinnen und wartet, bis fünfmal „Hi!" zurückkommt.

Fragen, Fotos, Grüße und Videos:
Vieles kann man übers Handy teilen.
Mit WhatsApp, Instagram oder Facebook[1] verschicken
Menschen jeden Tag Milliarden von Nachrichten und Bildern.
Wie viele man selbst bekommt, das merkt man oft erst,
wenn man eine Weile nicht online gewesen ist.

Katrin Hörnlein (bearbeitet)

[1] WhatsApp, Instagram oder Facebook sind digitale Medien zum Austausch von Nachrichten.

- Welche Handy-Regeln gibt es in euren Familien?

LE ► 2.1, 2.2, 3.2, 3.7, 4.3
► Lesetraining, Seite 70

# Die Comic-Maus

Eine kleine Comic-Maus, die es müde war, zwischen den Seiten einer Zeitung zu leben, und statt Papier lieber Käse fressen wollte, sprang mit einem Satz in die Welt der Mäuse aus Fleisch und Blut.

rief sie sofort, da es nach Katze roch.

wisperten die anderen Mäuse, die das merkwürdige Wort einschüchterte.
„Sploom, bang, gulp!“, sagte die kleine Maus, die nur die Comic-Sprache konnte.
„Das muss Türkisch sein“, sagte eine alte Schiffsmaus, die vor ihrer Pensionierung im Mittelmeer gedient hatte. Und sie versuchte, die kleine Maus auf Türkisch anzureden.
Die sah sie verwundert an und sagte:

sagte die alte Seemannsmaus.
„Was ist es dann?“
„Weißderteufel.“ Da nannten sie die kleine Maus Weißderteufel und behielten sie bei sich.
„Weißderteufel“, fragten sie, „was schmeckt dir besser, Parmesan oder Emmentaler?“

antwortete die Comic-Maus.
„Gute Nacht“, lachten die anderen. Die Kleinsten zogen sie dann absichtlich am Schwanz, um sie auf ihre komische Weise schimpfen zu hören: „Zong, splash, squarr!“

Einmal gingen sie zum Jagen in eine Mühle, wo lauter Säcke mit weißem und gelbem Mehl standen.
Die Mäuse versenkten ihre Zähne in diese Köstlichkeit und kauten im Akkord, sie machten „krik, krik, krik“, wie alle Mäuse beim Kauen.
Aber die Comic-Maus machte:

schimpfte die Schiffsmaus.
„Wenn wir auf einem Schiff wären, wärst du schon längst ins Meer geworfen worden, merkst du eigentlich nicht, dass du ein unappetitliches Geräusch machst?“

sagte die Comic-Maus und tauchte wieder in einem Maissack unter.
Da gab die Schiffsmaus den anderen ein Zeichen, und sie machten sich heimlich davon, um die ausländische Maus ihrem Schicksal zu überlassen, denn sie waren überzeugt, dass sie nie den Heimweg finden würde.

Eine Weile kaute die kleine Maus weiter. Als sie endlich bemerkte, dass alle weg waren, war es schon zu dunkel, um den Weg zu suchen, und so beschloss sie, die Nacht in der Mühle zu verbringen. Sie schlief gerade ein, als sie plötzlich in der Dunkelheit zwei gelbe Scheinwerfer aufleuchten sah und auf leisen Pfoten einen gefährlichen Jäger heranschleichen hörte. Eine Katze!

sagte die kleine Maus schaudernd.

antwortete die Katze. Gott im Himmel, es war eine Comic-Katze! Der Clan[1] der echten Katzen hatte sie weggejagt, weil sie nicht miau machen konnte, wie es sich gehört. Die beiden Ausgestoßenen umarmten sich, schworen sich ewige Freundschaft und unterhielten sich die ganze Nacht hindurch in der seltsamen Sprache der Comics. Sie verstanden einander wunderbar.

[1] Clan = Gruppe

Gianni Rodari (bearbeitet)

LE ► 2.1, 2.2, 3.2, 3.6, 3.7, 4, 6
► **Lesetraining, Seite 71**

# Ein gutes Buch

Das war das Ende. Wir waren erledigt. Drei Nachmittage in der Woche, beschloss Mama, sollten mein Bruder Marty und ich zwei Stunden in der Bücherei verbringen. Und so taten wir drei Mal in der Woche so, als würden wir lesen. Manchmal vergaßen wir still zu sein und dann stattete Knolle der Kinderbuchabteilung einen Besuch ab. Knolle war die Bibliothekarin und hieß eigentlich Mrs Murphy. Weil sie aber ein Luftgewehr unter ihrem Schreibtisch hatte, in dessen Lauf eine ganze Kartoffelknolle passte, nannten sie alle Kinder „Knolle Murphy“.

Ich weiß noch, wie sie das erste Mal kam. Wir stritten uns gerade darüber, wem die Luft in unserem Zimmer gehörte. Ich sagte, dass Marty die Luft auf seiner Zimmerseite gehörte, aber er behauptete, dass ihm die Luft über dem Boden gehörte. Das bedeutete, dass ich auf das obere Bett klettern musste, nur damit ich atmen konnte. Plötzlich fiel ein vertrauter Schatten über den Teppich und ließ mich erschaudern. Knolle stand da, mit gespreizten Beinen, an ihrem Gürtel hingen die schweren Stempel. Lautlos zog sie eine große Leselernkarte aus ihrer Tasche. Auf der Karte stand das Wort „Pst“! Wir verstanden die Botschaft.

Wir durften nicht streiten, wir durften nicht schreien, wir durften keine lauten Körpergeräusche von uns geben. Alles, was einem Jungen Spaß macht, war uns verboten. Oh, wie war das langweilig! Mein Kopf fühlte sich an, als würde er gleich abfallen und über den Holzfußboden rollen. Dann passierte eines Tages etwas Seltsames. Ich tat so, als würde ich ein Buch lesen mit dem Titel „Finn McCool, der Riese von Irland“. Da weckte etwas meine Aufmerksamkeit. Der erste Satz der Geschichte.
„Finn McCool“, stand da, „war der größte Riese in Irland.“
Der Satz hatte was. Er klang ... interessant.

Ich beschloss, ein bisschen weiterzulesen. Nicht das ganze Buch, nie im Leben. Aber vielleicht noch ein paar Sätze. Finn hatte ein Problem, hieß es in dem Buch. Angus MacTavish, der größte Riese in Schottland, wollte gegen ihn kämpfen. Da konnte ich nicht mehr aufhören. Zwei Riesen, die gegeneinander kämpften! Vielleicht sollte ich nur herausfinden, wie es ausging.

Also las ich die Seite zu Ende und dann las ich immer weiter. Und im nächsten Moment war ich in die Geschichte von Finn McCool und Angus MacTavish vertieft.

Ich las von Abenteuern und Magie, von Schlachten und schlauen Plänen. Berge explodierten und Zauberer erschlugen Kobolde. Verzauberte Ziegen redeten und Prinzessinnen verwandelten sich in Schwäne. Es war eine andere Welt.

„Wollen wir gehen?“, sagte eine Stimme. Ich blickte auf. Es war Mama. „Was machst du denn hier?“, fragte ich. Mama hielt Einkaufstüten in den Händen. „Was meinst du wohl, was ich hier mache? Wir müssen los.“

Ich drückte das Buch an meine Brust. „Aber wir sind doch eben erst gekommen. Es ist erst ...“ Ich verstummte, weil ich die Uhr an der Wand sah. Es war fünf.

Fast zwei Stunden lang hatte ich gelesen. Ich schaute zu Marty hinüber. Der las immer noch! Ein Buch mit einem Bild von einem Drachen auf dem Umschlag. Was war hier eigentlich los? „Kommt jetzt, euer Vater wartet bestimmt schon.“ Zu meinem völligen Erstaunen merkte ich, dass ich mein Buch mitnehmen wollte. Genau wie Marty. „Aber Mama ...“ „Ja, Marty?“ „Ich bin noch nicht mit meinem Buch fertig“. „Ich auch nicht. Meinst du, Kno... äh ... Mrs Murphy erlaubt uns, die Bücher mitzunehmen?“ Mama hob die Taschen auf. „Natürlich. Ihr habt doch eure Ausweise, oder?“

Eoin Colfer (bearbeitet)

• Ist dir so etwas Ähnliches auch schon einmal passiert? Welches Buch war so spannend, dass du es nicht aus den Händen legen konntest? Erzähle davon.

# Aufgaben eines Detektivs

Detektive sind private Ermittler. Sie bekommen ihre Aufträge von Privatleuten oder Firmen. Detektive suchen zum Beispiel Beweise dafür, dass es sich in einem Fall um eine Straftat handelt.
Die Strafverfolgung ist aber Sache der Polizei.

**Privatdetektive** werden oft mit Beobachtungen beauftragt.
Wenn jemand einem anderen misstraut, stellt er zum Beispiel einen Detektiv an. Der Detektiv sammelt Beweise für die Schuld oder Unschuld einer Person. Auch hilft er, Verbrechen zu verhindern.

Detektive, die für Versicherungen arbeiten, heißen **Versicherungsdetektive**. Wenn beispielsweise ein Haus abbrennt, überprüfen sie, ob der Schaden durch ein Unglück oder durch Brandstiftung entstanden ist.

**Kaufhausdetektive** beobachten Kunden. Wenn sie jemanden erwischen, der Waren einsteckt und nicht bezahlt, sprechen sie ihn an. Handelt es sich wirklich um einen Dieb, wird er der Polizei übergeben.

Wenn Firmen etwas Neues erfinden, zum Beispiel einen neuen Schokoriegel, soll dies geheim bleiben. **Industriedetektive** müssen herausfinden, ob jemand die Geheimnisse einer Firma an andere verrät.

Wer Detektiv werden möchte, sollte klug und höflich, aufmerksam, geschickt, geduldig und verschwiegen sein.
Schießen muss er dagegen nicht können. Gut geschulte Detektive arbeiten hauptsächlich mit dem Kopf.

Insa Bauer


LE ▶ 2.1, 2.2, 3.2, 3.4, 3.5, 7.1
▶ Lesetraining, Seite 73

# Die verdächtige Villa

Ron S. Fox betritt das Clubhaus, in dem die Mitglieder des Krimiclubs gerade eine Geheimschrift austüfteln. „Kennwort?“, fragt er. „Rätselkrimi“, brüllen alle zurück und sind gleich darauf ganz still vor Spannung. „Ich habe einen Auftrag für zwei von euch. Eine heiße Geschichte“, sagt Ron S. Fox. „Wer von euch ist bereit dafür?“

Er sieht seine Detektive prüfend an. Tim meldet sich. „Ich würde den Auftrag gern übernehmen, Chef.“ Ron S. Fox nickt. „Einverstanden.“ Er sieht Jo auffordernd an. „Du als Expertin im Entziffern von Geheimbotschaften und im Spurenlesen wirst gemeinsam mit Tim den Auftrag bearbeiten.“

„Worum geht es bei dem Fall, Chef?“, erkundigt sie sich. „Eine alte Dame, Frau Lau, hat einen anonymen Drohbrief bekommen. Sie verdächtigt ihre Nachbarin, Frau Haase, mit der sie sich schon lange streitet. Sie kann jedoch nicht beweisen, dass der Brief von Frau Haase kommt. Ihr sollt die Beweise finden, damit sie bei der Polizei Anzeige erstatten kann.“ Ron S. Fox reicht Jo die Adresse. „Viel Erfolg beim Lösen des Falls.“

Jo verstaut die Schachtel mit den Werkzeugen für die Tatortuntersuchung und die Decodierhilfen in ihrem Rucksack. Tim legt das Diktiergerät und den Stadtplan dazu. Er holt die Tasche mit den Undercover-Utensilien aus dem Schrank. Tim ist der Verkleidungsspezialist im Club. Er hat in einem Spezialseminar gelernt, wie man mit einfachen Mitteln sein Aussehen total verändern kann.

Die beiden Detektive schwingen sich auf ihre Räder und fahren zur Parkstraße 12. An dem schmiedeeisernen Tor des kleinen Einfamilienhauses steht „Lau“. Unauffällig schauen sie sich um. Auf dem Grundstück rechts neben dem Haus steht eine dreistöckige Villa mit einem Juwelierladen im Erdgeschoss. Über dem Schaufenster steht in auffälliger Schrift „Juwelier Haase“. Vor dem Laden parkt ein froschgrüner Beetle[1].

Tim klingelt bei Frau Lau. Eine weißhaarige Dame öffnet und winkt die beiden Experten ins Haus. „Kommt rein“, flüstert sie. „Ich bin so froh, dass ihr mir helft.

[1] Beetle = ein Auto der Marke VW

Seit gestern früh dieser böse Brief kam, habe ich furchtbare Angst. Und ich bin sicher, dass Frau Haase, meine Nachbarin, ihn geschrieben hat. Mein Neffe Dieter will jetzt, dass ich zu ihm ziehe, bis die Geschichte geklärt ist. Aber ich wohne lieber in meinem eigenen Haus."

Frau Lau gibt Tim traurig den Briefumschlag. „Vorsicht" ruft Jo. „Denk an die Fingerabdrücke!" „Ich bin doch kein Anfänger", sagt Tim. Er holt die Werkzeuge aus dem Rucksack und hebt den Umschlag mit der Pinzette an. „Schau, auf dem Brief klebt keine Marke", sagt er. „Also hat der Schreiber ihn selbst eingeworfen." Tim zieht ein Blatt Papier aus dem Umschlag und liest die Nachricht, die in Druckschrift geschrieben wurde. Jo wird blass. „Das klingt nicht gut. Hat außer ihnen noch jemand den Brief angefasst?" „Nur mein Neffe", sagt Frau Lau.

Jo bestäubt den Brief und das Kuvert mit Grafitpulver und sichert mit Klebefolie drei verschiedene Fingerabdrücke. „Jetzt nehme ich Ihnen auch die Fingerabdrücke ab, um sie vergleichen zu können", erklärt sie der alten Dame, die neugierig zuschaut. „Außerdem brauche ich einen Gegenstand, den ihr Neffe heute angefasst hat." Frau Lau bringt ein Glas aus der Küche. Und Jo sichert auch hier die Abdrücke. „Einer der drei Abdrücke ist vom Täter", sagt sie.

**Welcher Fingerabdruck gehört dem Täter?**

Helga Talke (gekürzt)

- Welche wichtigen Eigenschaften sollten Detektive haben?
- Welche Utensilien haben Jo und Tim im Rucksack? Was würdet ihr noch mitnehmen?



LE ► 2.1, 2.2, 3.1, 3.2, 3.6, 3.7, 4

► Lesetraining, Seite 74

# Fingerabdrücke

Die feinen Rillen an den Fingerspitzen (Papillarlinien) sind bei jedem Menschen verschieden und ändern sich das ganze Leben nicht. Wird ein Gegenstand mit glatter Oberfläche berührt, bleibt unsichtbar ein Fingerabdruck zurück. Auf solche Gegenstände streut der Detektiv feines schwarzes Pulver, drückt Papier darauf und erhält somit einen sichtbaren Abdruck. Den vergleicht er mit den Abdrücken in der Verbrecherkartei. Hat der Beamte Glück und findet einen gleichen Abdruck, dann ist der Fall der Lösung nahe. Wenn nicht, dann versucht er, von verdächtigen Personen die Fingerabdrücke zu bekommen. In der Detektiv-Geheimsprache heißt das Ganze Daktyloskopie! Für Minidetektive, die knapp mit dem Taschengeld sind, hier eine billige Methode, unsichtbare Fingerabdrücke von glatten Flächen abzunehmen.

Man braucht dazu
Rußpulver
einen weichen, dicken Haarpinsel
eine selbstklebende Klarsichtfolie

So geht's
1. Rußpulver mit Haarpinsel locker auf der verdächtigen Stelle auftragen, bis Fingerabdruck sichtbar wird!

2. Restlichen Ruß wegblasen!

3. Ein Stück Klarsichtfolie über den Abdruck kleben, leicht anpressen!

4. Folie abziehen und auf weißes Papier kleben!

5. Beschriften! (Ort, Zeit.) Nun ist die Spur gesichert.

Mach zuerst einige Versuche mit deinen eigenen Abdrücken auf einer Glasplatte, ehe du dich profimäßig an die Arbeit machst.

Erich Ballinger (gekürzt)

# Knifflige Kriminalfälle für scharfsinnige Spürnasen

*Willkommen in der Welt der Detektive, Spione und Ermittler. Hier folgen nun drei knifflige Kriminalfälle, bei denen euer Scharfsinn gefragt ist. Ihr müsst Spuren sichern und messerscharf kombinieren. Kommt ihr dem Geheimnis auf die Spur und bringt Licht ins Dunkel?*

*Ein kleiner Hinweis: Achtet immer auch genau auf die Überschrift, sie ist euer erster Hinweis!*

**Cool geblieben**
Jemand war ganz in der Nähe eingebrochen. Mehrere Kinder riefen laut um Hilfe. Opa Otto kam herbeigeeilt. Um sich nicht selbst in Gefahr zu bringen, schnappte er sich eine Leiter.

**Vom Erdboden verschluckt**
Als die Sonne aufging, war der Mann, der tags zuvor noch das Haus angestarrt hatte, auf Nimmerwiedersehen verschwunden. Hut und Schal waren noch da. Etwas anderes war entwendet.

**Ein jähes Ende**
Sie hätte den Tag ohnehin nicht überlebt. Doch Kevin kannte keine Gnade. Er schlug erbarmungslos zu …

Corinna Harder

• Was ist in den einzelnen Fällen passiert? Stellt Vermutungen an und macht euch Notizen zu jedem Fall. Auf Seite 103 findet ihr die Lösungen.



LE ► 2.1, 2.2, 3.1, 3.4, 3.7, 4, 5.2
► Lesetraining, Seite 76

# Irren ist menschlich

Die Geschichte spielt in einer kleinen schwedischen Stadt namens Valleby, in der fast jeder jeden kennt und wo mitten im Ort die Kirche steht. Die Hauptpersonen Lasse und Maja gehen in die gleiche Klasse und betreiben gemeinsam ein Detektivbüro.

„Guck mal, es schneit!“, ruft Maja begeistert, als sie raus auf die Kirchstraße treten. „Wie schön!“ Die Schneeflocken wirbeln durch die Lichtkegel unter den Straßenlaternen. Lasse antwortet nicht. Er sieht sich wachsam um. Erst in Richtung Stadthotel, dann die Straße runter Richtung Kirche und Muhammeds Juwelierladen. „Komm, Lasse“, sagt Maja. „Sara braucht zehn Päckchen Safran. Beeilen wir uns, damit der Supermarkt nicht vorher schließt.“

Lasse und Maja biegen um die Ecke des Cafés Panini & Bernard. „Das perfekte Wetter für Ermittlungen“, sagt Maja gut gelaunt. „Wie meinst du das?“, fragt Lasse mit einem Seitenblick in den dunklen Hinterhof des Cafés. „Sieh dir nur mal den Boden an“, sagt Maja. „Man kann die Fußspuren jeder Person sehen, die hier gegangen ist, seit es schneit.“

Maja bleibt stehen und zeigt auf ein paar Abdrücke im Schnee. „Die da zum Beispiel gehören zu einem Mann über siebzig.“ „Woher weißt du das denn?“, fragt Lasse. „Streng dein Hirn an, Lasse! Großes, robustes Schuhwerk, mindestens Größe 44. Eine eher ungewöhnliche Schuhgröße für eine Frau.“ „Und wie kommst du darauf, dass er über siebzig ist?“ „Siehst du den runden Abdruck neben den Fußspuren? Der stammt wahrscheinlich von seinem Stock.“

Lasse und Maja folgen den Abdrücken im Schnee, die Blicke fest auf den Boden gerichtet, und stoßen plötzlich mit einer Person auf dem Bürgersteig zusammen. Es ist Barbro Palm, die Leiterin des Museums. Sie trägt einen dicken Mantel und hält einen Weihnachtsbaum in der einen Hand. „Na so was! Lasse und Maja! Was macht ihr denn da? Spielt ihr Spürhund, wie üblich, die Schnauzen dicht überm Boden?“

Lasse und Maja begrüßen sie und erzählen, dass sie auf dem Weg zum Supermarkt sind, um Safran zu kaufen. „Ich habe eben einen Weihnachtsbaum erstanden", sagt Barbro Palm. „Man muss früh dran sein, wenn man ein besonders hübsches Exemplar haben möchte. Ganz schön schwer ist der!" Die Museumsleiterin wischt sich mit der Oberseite ihres Handschuhs einen Tropfen von der Nasenspitze und sagt, dass sie weiter muss.

Lasse und Maja verabschieden sich und schauen hinter ihr her. „Die hat aber ungewöhnlich gute Laune", sagt Maja. „So gesprächig ist sie sonst doch nicht. Vielleicht freut sie sich einfach auf Weihnachten."

Lasse antwortet nicht. Sein Blick ist auf Barbro Palms Füße gerichtet. Plötzlich lacht er los. Die Museumsleiterin trägt nämlich ein Paar große grüne Gummistiefel – mindestens Größe 44. Und bei jedem zweiten Schritt stellt sie den schweren Baum auf dem Bürgersteig ab. „Dein 70-Jähriger sieht aber sehr jung aus. Und eher wie eine Frau", zieht Lasse Maja auf. „Was soll's, Irren ist menschlich." Maja lacht auch, als sie die Abdrücke sieht, die Barbro Palm im Schnee hinterlässt. „Komm, beeilen wir uns!"

Martin Widmark (bearbeitet)

- Was ist Safran und wofür wird er verwendet?
- Schaut euch die Spuren auf dieser Seite an. Wer oder was könnte dahinterstecken?


▶ Lesetraining, Seite 77

# Auflösungen: knifflige Kriminalfälle

**Cool geblieben**

Johanna war beim Schlittschuhlaufen auf dem See im Eis eingebrochen. Ihre Freunde Luisa und David machten durch lautes Rufen auf sich aufmerksam. Zum Glück war Opa Otto zur Stelle: Er holte sich eine Baumleiter und robbte flach auf dem Bauch liegend an die Unglücksstelle heran. Die Leiter verteilte sein Körpergewicht auf dem brüchigen Eis und er konnte das Mädchen aus dem eiskalten Wasser ziehen.

**Vom Erdboden verschluckt**

Sarah und Moritz hatten einen Schneemann gebaut. Doch es war zu warm und ihr Kunstwerk begann schon bald wieder zu schmelzen.

Als die Kinder am nächsten Morgen aus dem Fenster sahen, lagen am Boden nur noch ein dunkler Hut und ein grüner Schal. Die Karotte, die dem Mann aus Schnee als Nase diente, hatte sich in der Dunkelheit ein Kaninchen stibitzt …

**Ein jähes Ende**

Das Leben einer Eintagsfliege ist sehr kurz. Innerhalb weniger Stunden pflanzen sich die Insekten fort, dann sterben sie. Ihnen bleibt noch nicht einmal Zeit zum Fressen. Doch daran dachte Kevin nicht, als er die Eintagsfliege mit einer raschen Handbewegung von seinem Arm wischte und ihrem ohnehin kurzen Dasein ein noch früheres Ende bescherte.

Corinna Harder

# Pippa verreist

Es ist der letzte Schultag vor den Sommerferien. Die Kinder sitzen im Kreis und erzählen, wo sie ihre Ferien verbringen.
„Pippa und ich fahren mit unseren Eltern zum Zelten“, sagt Olivia.
„Nach Italien. Und wir nehmen Gloria und Lucy mit.“
„Das wird lustig!“ Pippa strahlt. „Nur schade, dass Anton und Emil nicht mitfahren.“
„Ja, weil ich bei Anton Urlaub mache“, erklärt Emil und lehnt sich an seinen besten Freund. „Also von daher …“
„Und meine Eltern wissen noch nicht, wo wir hinfahren.“ Anton pustet sich eine Haarsträhne aus der Stirn. „Vielleicht zu meiner Tante auf den Ponyhof. Aber ich würde lieber wo hinfahren, wo’s warm ist.“
„Au ja!“, ruft Pippa. „Auf einen Vulkan! Oder …“
In dem Moment gongt es. Im ganzen Schulhaus bricht Jubel aus. Dann stürmen alle nach draußen. Die Kinder holen ihre Roller und Fahrräder vom Schulhof und machen sich gut gelaunt auf den Heimweg.
Nur Frau Tabak, die Lehrerin, und Herr Wurst, der Sportlehrer, fahren nicht nach Hause. Sie starten gleich nach dem Unterricht in den Urlaub, gemeinsam, weil sie ein Liebespaar sind. Gepäck haben sie wenig dabei. Alles passt in zwei Fahrradtaschen. Sie tragen Sonnenbrillen und Trikots, Fahrradhelme und …
„Gepolsterte Hosen!“, ruft Pippa. „Wie praktisch! Da haben sie das Kissen immer gleich mit dabei.“ „Die sind nicht gepolstert.“ Frau Tabak guckt säuerlich. Upsi! Wie peinlich! Pippa schielt auf Frau Tabaks fülligen Po. Lieber wechselt sie schnell das Thema: „Wo geht’s denn hin?“
„Die Donau entlang bis nach Wien“, erklärt der Sportlehrer und pumpt die Reifen auf. Er schwingt sich in den Sattel und klingelt zum Abschied.
„Die haben es gut!“, seufzt Pippa. „Die fahren jetzt schon los.“
„Wir fahren doch auch heute“, tröstet sie Gloria. „Ja, aber erst um Drittel vor drei. Bis dahin müssen wir noch so viel totschlagen.“
„Totschlagen?“ Olivia, die keiner Fliege etwas zuleide tun kann, guckt erschrocken. „Was denn?“
„Na ganz viel Zeit!“, sagt Pippa und lacht.

Charlotte Habersack (gekürzt)

• Fallen euch auch ungewöhnliche Orte für einen Urlaub ein?


▶ Lesetraining, Seite 78

# Zungenbrecher

Als achtzehn Affenjunge an Achterbahnen arbeiteten, angelten acht alte Affen am Attersee. Abends aalten sich alle am Apfelbaum und aßen Ameisensuppe aus Alabasterschalen.
Angenehmen Appetit allerseits!

Gerda Anger-Schmidt

# Countdown

10 zähe Zackelschafe
9 nackte Nilpferddamen
8 alte Abenteurer
7 süße Sommersprossen
6 satte Seidenraupen
5 freche Fenstergucker
4 volle Vogelnester
3 dicke Daunendecken
2 zarte Zirkuskinder

eine einzige Eidechse

Gerda Anger-Schmidt

- Setzt euch im Kreis auf. Ein Kind beginnt, den Zungenbrecher vorzulesen. Sobald es sich einmal verspricht, liest das Kind links daneben genau an dieser Stelle weiter. Werdet immer schneller!
- Kennt ihr noch andere Zungenbrecher?

LE ▶ 1.1, 2, 5, 6.1, 7.2
▶ Lesetraining, Seite 79

# Jenseits der großen Sümpfe

Es ist Sommer. Das Leben ist das Einfachste, was es gibt. Es ist Sommer, es ist heiß, und wir haben Schulferien. Es interessiert mich nicht, ob heute Dienstag oder Mittwoch ist oder Freitag. Es interessiert mich auch nicht, welche Jahreszahl geschrieben wird oder wie alt ich bin – ich bin ganz einfach, und die Sonne scheint herrlich, wie es eben nur die Sonne kann.
Das Haustor fällt knallend ins Schloss, als ich es hinter mir zuwerfe. Wumm! Dieses Geräusch ist begleitet von dem Gefühl wunderbarer Freiheit, unbändigen Tatendranges und lustvoller Neugierde. Was bringt der Tag? Wumm! Das Tor ist zu – das ist der Startschuss. Ich stehe auf der Gasse. Rexi, der Hund des Nachbarn, springt an mir hoch und folgt mir.
Beim Haus des Wagnermeisters[1] biege ich ab. Hier liegt viel Holz umher, dazwischen wächst meterhoch das Unkraut. Das ist der Platz zwischen dem Wagnerhaus und dem Haus vom Edler Franz. Hier ist alles verwildert. In der Mitte des Platzes ist ein großer Wassertümpel. Ein paar Baumstämme schwimmen darin. Unter einer Trauerweide setze ich mich ins Gras.
Rexi fällt über mich her und will spielen. Wir kugeln bis zum Rand des Tümpels, und ich spüre schon das Wasser an den Ellenbogen. Ich bleibe so auf dem Bauch liegen, mit beiden Armen im Wasser, und schaue ganz dicht über die Wasseroberfläche. Von dieser Perspektive aus sieht der Tümpel wie ein kleiner See aus.
Die Unkrautpflanzen und Gräser an den Ufern sind dichte Urwälder. Es gibt Buchten und Landzungen. In der Mitte des Wassers liegt ein umgestülpter Wassereimer. Eine Insel! Einen Meter vor mir schwimmt ein Stück von einer Baumrinde. Es sieht aus wie ein Schiff, es fehlen bloß die Segel. Da habe ich eine Idee: Ich werde mir daraus ein Schiff schnitzen! Ich nehme die Baumrinde aus dem Wasser und laufe nach Hause.

Erwin Moser (bearbeitet)

[1] Ein Wagnermeister ist ein Handwerker, der Räder und Wagen aus Holz herstellt.

• Hast du auch so einen magischen Ort in der Natur, wo du gerne Zeit verbringst?



LE ► 2.1, 2.2, 3.2, 3.7, 4.3, 5.2, 7.2

► Lesetraining, Seite 80

# Wolkenbilder



Eva, Mama und Papa liegen
mitten in einer Wiese und
schauen den Wolken zu.
„Ich sehe eine Kuh!“, ruft Eva.
„Und ich einen Tretroller“,
sagt Mama.
„Ja, ich sehe ihn auch“, sagt Papa. „Und ... und jetzt fährt die Kuh
auf dem Tretroller.“
Eva lacht. „Aber sie wackelt. Pass auf!“
„Zu spät“, sagt Mama. „Jetzt ist sie gestürzt ... Und zu einer riesigen
Brezel geworden.“
Papa schließt verträumt die Augen. „Brezel“, murmelt er und
schnuppert in die Luft. „Hm, wie das duftet! Riecht ihr es auch?“
Eva und Mama schnuppern wie zwei Hunde auf Spurensuche.
„Ich rieche ... rieche frische Brötchen[1] ... nein, Apfelkuchen“,
sagt Mama und leckt sich die Lippen.
„Und ich hab jetzt Hunger“, sagt Eva.
Hätten sie doch bloß ein Picknick mitgenommen!

Manfred Mai

# Vor dem Gewitter

Der Kirschbaum biegt sich vor Lachen –
vor Lachen oder vor Wind?
Ich hör die Äste krachen.
Ich denk, der Kirschbaum spinnt.

Die Kirschen prasseln nieder.
Der Dackel Konrad flitzt
ins Haus und kommt nicht wieder ...
Schon donnert es und blitzt!

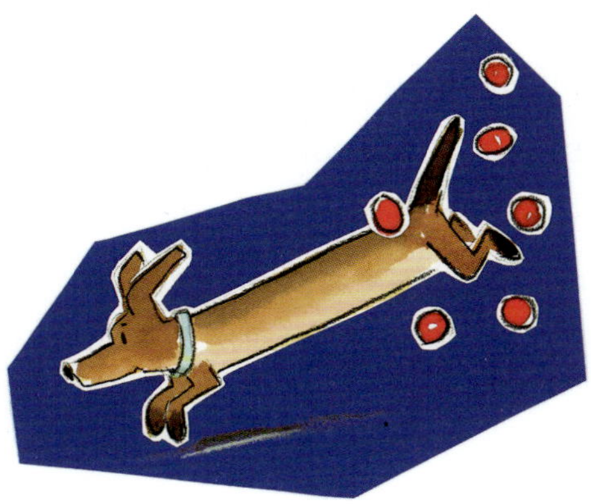

Georg Bydlinski

[1] Brötchen = Semmel

LE ▶ 2.1, 2.2, 3.7, 5.1, 6
▶ Lesetraining, Seite 81

# Das Gewitter

Hinter dem Schlossberg kroch es herauf:
Wolken – Wolken!
Wie graue Mäuse,
ein ganzes Gewusel.

Zuhauf
jagten die Wolken gegen die Stadt.
Und wurden groß
und glichen Riesen
und Elefanten
und dicken, finsteren Ungeheuern,
wie sie noch niemand gesehen hat.

„Gleich geht es los!“,
sagten im Kaufhaus Dronten
drei Tanten
und rannten heim, so schnell sie konnten.

Da fuhr ein Blitz
mit helllichtem Schein,
zickzack,
blitzschnell
in einen Alleebaum hinein.
Und ein Donner schmetterte hinterdrein,
als würden dreißig Drachen
auf Kommando lachen,
um die Welt zu erschrecken.
Alle Katzen in der Stadt
verkrochen sich
in die allerhintersten Stubenecken.

Doch jetzt ging ein Platzregen nieder!
Die Stadt war überall
nur noch ein einziger Wasserfall.
Wildbäche waren die Gassen.

Plötzlich war alles vorüber.
Die Sonne kam wieder
und blickte vergnügt
auf die Dächer, die nassen.

Josef Guggenmos

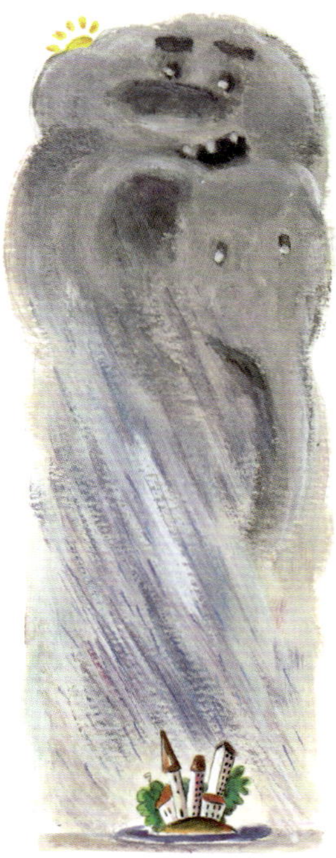



LE ▶ 1.1, 2.1, 2.2, 3.6, 3.7, 5.1, 7.2
▶ Lesetraining, Seite 82

# Über den Wolken

Die Leute, die ins Flugzeug einsteigen, heißen Passagiere. Das ist ein schwieriges Wort. Millie ist nun also ein Passagier. Die Stewardessen[1] warten schon auf sie. Stewardessen ist ebenfalls ein vertracktes Wort. Stewardessen lächeln den ganzen Flug über.

Millie darf am Fenster sitzen. Sie schnallt sich sofort an. Das muss man. Wie im Auto. Sie kann sich schon alleine anschnallen, das hat sie ja schon jahrelang geübt. Dann warten sie auf den Abflug. Das Schlimmste im Leben ist warten müssen.

Millie muss jetzt aber wirklich dringend auf die Toilette. Sie flüstert es Mama, die neben ihr sitzt, ins Ohr. Mama flüstert zurück: „Warte noch ein Weilchen. Wenn wir gestartet sind, kannst du auf die Toilette gehen."
Ist es vorher verboten? Wahrscheinlich ja. Was soll Millie tun? Sie überlegt, ob sie Mama noch einmal ins Ohr flüstern soll, wie dringend die Sache ist. Aber sie weiß, dass sie Mama damit jetzt verrückt machen würde.
Millie muss also zukneifen.

Plötzlich fängt das Flugzeug an zu brummen und zu zittern. Ja, meine Güte, was ist das für eine Rappelkiste! Millie bekommt einen gehörigen Schrecken und greift nach Mamas Hand. Jetzt fängt das Flugzeug an zu rollen.

Und nun nimmt das Flugzeug Anlauf. Die Motoren dröhnen, sie brüllen: Bahn frei! Bahn frei! Schließlich rast der Flieger los, die Reifen zischen, die ganze große Rappelkiste schüttelt sich und bebt. Und dann – flupp – geht es hoch und hoch und höher, geradewegs in den Himmel hinein.

Millies Ohren werden taub, sie kann nichts hören, sie schluckt ein paarmal trocken. Ach, da geht es schon viel besser. Und langsam atmet sie auf. Sie fliegen mitten durch den Himmel. So hat sich Millie das vorgestellt! Die Erde, der Himmel, die Wolken. Und irgendwo über ihnen die goldene Sonne. Und jetzt darf Millie endlich aufs Klo.

Dagmar Chidolue (gekürzt)

[1] Früher nannte man Flugbegleiterinnen und Flugbegleiter auch Stewardessen oder Stewards.

LE ▶ 2.1, 2.2, 3.2, 3.6, 3.7, 4
▶ Lesetraining, Seite 83

# Wundersame Muschel

Du brauchst
zwei Muschelhälften, die zusammenpassen
einen etwa 15 cm langen Faden
färbiges Krepppapier
Kreppklebeband

Und so geht's

1. Binde ein Stück Krepppapier an einen Faden (es soll wie eine Blume aussehen).

2. Kleb den Faden mit Kreppklebeband in die eine Hälfte der Muschel.

3. Leg die Schnur und die Blüte in die Muschel.

4. Kleb die Muschelhälften mit dem Klebeband an der Rückseite zusammen.

5. Jetzt füllst du Wasser in ein Glas und lässt die Muschel zu Boden sinken.

6. Auf wundersame Weise öffnet sich die Muschel und die Blume kommt zum Vorschein.

Claudia Scholl (gekürzt)



LE ▶ 2.1, 2.2, 3.2, 3.5, 3.6, 3.7, 5.2

# Quellenverzeichnis


**Amrhein, Anette:** Die verschwundenen Bratäpfel (S. 40). Aus: 24 Geschichten zur Winterzeit. Esslinger Verlag, Esslingen 2009.

**Anger-Schmidt, Gerda/Habinger, Renate:** Zungenbrecher; Countdown (S. 105). Aus: Neun nackte Nilpferddamen. NP Buchverlag, St. Pölten – Wien – Linz 2004.

**Anzenberger, Monika:** Lise Meitner (S. 74). Originalbeitrag.

**Arold, Marliese:** Schlotterine von Unkenstein (S. 27). Aus: Meine spannendsten Abenteuergeschichten. arsEdition, München 2010.

**Ballinger, Erich:** Fingerabdrücke (gekürzt) (S. 99). Aus: Das schlaue Handbuch für Mini-Detektive. Carl Ueberreuter Verlag, Wien 1999.

**Bauer, Insa:** Aufgaben eines Detektivs (S. 96). Aus: Leselöwen. Detektiv Wissen. Abenteuer- und Sachgeschichten. Loewe Verlag, Bindlach 2006.

**Behnke, Andrea:** Bis 20 Zählen (bearbeitet) (S. 12). Aus: Die 50 besten Spiele zum Umgang mit Konflikten. Don Bosco, München 2012.

**Boge-Erli, Nortrud/Boge, Chris:** Der geheimnisvolle Maulwurfstollen (bearbeitet) (S. 68). Aus: Rittergeschichten für 3 Minuten. Arena Verlag, Würzburg 2007.

**Böhm, Andrea:** Der Traum vom Fliegen (gekürzt) (S. 78). Originalbeitrag aus: Kunterbunt Lesebuch 3. Ernst Klett Grundschulverlag, Leipzig, Stuttgart und Düsseldorf 2004.

**Brand, Heinz:** Rätsel (S. 87). Aus: Ach, du liebe Zeit! Ein Bummel durch Tages- und Jahreszeit, Schul- und Ferienzeit, Kinder- und Lebenszeit in Bildern, Gedichten und Geschichten. Hrsg.: Heinz Brand. Lappan Verlag, Oldenburg 2007.

**Brown, Matt:** Wie Compton Valance zum mächtigsten Jungen des Universums wurde (S. 85). Aus: Schimmel und Hölle. Wie man einen intergalaktischen Fiesling besiegt. S. Fischer Verlag, Frankfurt/Main 2015.

**Bunk, Hans-Dieter:** Ein Frosch war nicht immer ein Frosch (S. 18). Originalbeitrag aus: Kunterbunt Lesebuch 3. Ernst Klett Grundschulverlag, Leipzig, Stuttgart und Düsseldorf 2004.

**Bunk, Hans-Dieter/Mittermayr, Margarete:** Bekannte Erfinder und Erfinderinnen (S. 73); Erfundene Erfinderinnen und Erfinder (S. 75). Originalbeiträge aus: Kunterbunt Lesebuch 3. Ernst Klett Grundschulverlag, Leipzig, Stuttgart und Düsseldorf 2004.

**Bydlinski, Georg:** Ausreden in der Schule (S. 9). Aus: Das Gnu im linken Fußballschuh. Boje Verlag in der Bastei Lübbe AG, Köln 2014; Vor dem Gewitter (S. 107). Aus: Der Mond heißt heute Michel. Verlag Herder und Co., Wien, Freiburg und Basel 1981.

**Chidolue, Dagmar:** Über den Wolken (gekürzter Ausschnitt) (S. 109). Aus: Millie auf Kreta. Cecilie Dressler Verlag, Hamburg 2002.

**Colfer, Eoin:** Ein gutes Buch (bearbeiteter Ausschnitt) (S. 94). Aus: Tim und das Geheimnis von Knolle Murphy. Beltz & Gelberg Verlag, Weinheim und Basel 2005.

**Feibel, Thomas:** Was das Internet alles kann (S. 89). Aus: Internet aber richtig! Sicher im Netz unterwegs. Ravensburger Buchverlag, Ravensburg 2014.

**Giordano, Mario:** Warum sich Raben streiten (S. 22). Aus: Ab morgen bin ich ein Löwe. Aufbau Verlag, Berlin 2011.

**Gerich, Elisabeth:** Bratapfel-Rezept (S. 41). Aus: Bratapfel und Maroni. Genießen wie früher. Jan Thorbecke Verlag, Ostfildern 2016.

**Guggenmos, Josef:** Das Gewitter (S. 108). Aus: Immerwährender Kinderkalender. Österreichischer Bundesverlag, Wien 1958.

**Habersack, Charlotte:** Pippa verreist (S. 104). Aus: Pippa Pepperkorn macht Ferien. Carlsen Verlag, Hamburg 2018.

**Harder, Corinna:** Knifflige Kriminalfälle für schafsinnige Spürnasen (Ausschnitte) (S. 100); Lösungen (S. 103). Aus: red stories. 50 knifflige Kriminalfälle für schafsinnige Spürnasen (Auszüge). moses. Verlag, Kempen 2018.

**Hausmann, Manfred:** Die Bremer Stadtmusikanten (S. 48). Aus: Gedichte. Fischer Verlag, Frankfurt o. J.

**Hofbauer, Friedl:** Wie der Erzberg entdeckt wurde (S. 52). Aus: Sagen aus der Steiermark. Ungekürzte Buchgemeinschafts-Lizenzausgabe der Buchgemeinschaft Donauland Kremayr & Scheriau, Wien o. J. © öbv & htp, Wien 2000.

**Hofmann, Helga/Kopp, Ursula:** Sprechen Tiere miteinander? (S. 23) Aus: Antworten auf Kinderfragen. Bassermann Verlag, München 2005.

**Holleben, Jan/Baer-Krause, Jane/Kretschmer, Kristine:** Was ist das Internet eigentlich genau? (S. 88) Aus: WWWas? Alles, was du schon immer übers Internet wissen wolltest. Spiegel Verlag, Hamburg 2016.

**Höly, Claudia:** Manchmal (S. 57). Aus: Was für ein Glück. Hrsg.: Hans-Joachim Gelberg. Beltz Verlag, Weinheim und Basel 1993.

**Hörnlein, Katrin:** Immer on? (bearbeitet) (S. 91) Aus: KinderZEIT 30/2014.

**Huainigg, Franz-Joseph/Wechdorn, Susanne:** Wie im Flug (S. 81). Originaltitel: Von meiner Zeit und deiner Zeit (gekürzt). Annette Betz Verlag, Wien – München 2009.

**Jatzek, Gerald:** Die Zeit (S. 80). Aus: Rabauken-Reime. Residenz Verlag/G&G Verlag, St. Pölten 2011.

**Karimé, Andrea/Von Bodecker-Büttner, Annette:** Nuri und der Geschichtenteppich (gekürzt) (S. 37). Picus Verlag, Wien 2006.

**Kinney, Jeff:** Gregs Dankesbriefe (S. 47). Übersetzung: Collin McMahon. Aus: Gregs Tagebuch. Von Idioten umzingelt! Baumhaus Verlag, Köln 2008.

**Kruse, Max:** Zeit-Wörter (S. 82). Aus: Ach, du liebe Zeit! Ein Bummel durch Tages- und Jahreszeit, Schul- und Ferienzeit, Kinder- und Lebenszeit in Bildern, Gedichten und Geschichten. Hrsg.: Heinz Brand. Lappan Verlag, Oldenburg 2007.

**Kulot, Daniela:** Woher kommt die Liebe? (gekürzt) (S. 58) Gerstenberg Verlag, Hildesheim 2017.

**Küntzel, Karolin:** Der Flaschengeist (bearbeitet) (S. 25). Aus: Abrakadabra, dreimal schwarzer Kater. Das 1x1 der Zauberei. Compact Verlag, München 2014.

**Mai, Manfred:** Wolkenbilder (S. 107). Aus: 111 Minutengeschichten. Ravensburger Buchverlag, Ravensburg 1986.

**Manz, Hans:** Betthupferl (S. 90). Aus: Großer Ozean. Gedichte für alle. Hrsg.: Hans-Joachim Gelberg. Beltz Verlag, Weinheim und Basel 2000.

**Michaelis, Antonia:** Mitternacht und Gitterfenster (Ausschnitt) (S. 28). Aus: Leselöwen-Internatsgeschichten. Loewe Verlag, Bindlach 2002.

**Morgenstern, Christian:** Die drei Spatzen (S. 43). Aus: Von den großen Elefanten. Hrsg.: Anne Gabrisch. Der Kinderbuchverlag, Berlin 1984.

**Moser, Erwin:** Jenseits der großen Sümpfe (bearbeiteter Ausschnitt) (S. 106). Beltz Verlag, Weinheim und Basel 1993.

**Mueller, Dagmar H.:** Molly im Vampir-Internat (gekürzt) (S. 24). Originaltitel: Taubenkompott und trudelige Loopings. Aus: Vampir-Internat Schloss Schauerfels. Achtung, Molly im Anflug! SchneiderBuch verlegt durch EGMONT Verlagsgesellschaften, Köln 2012.

**Müller, Walter:** Ein Krosch und eine Fröte (S. 17). Aus: Ich lach mir einen Ast. Spaßgeschichten und Sprachspinnereien. Hrsg.: Hans Gärtner. Annette Betz Verlag, Wien und München 1995.

**Nöstlinger, Christine/Stöllinger Heide:** Träume (S. 61). Aus: Ein und Alles. Residenz Verlag, St. Pölten – Salzburg – Wien 2014.

**Osborne, Mary Pope/Osborne, Will:** So wurde man Ritter (bearbeitet) (S. 65). Aus: Forscherhandbuch Ritter. Loewe Verlag, Bindlach 2002.

**Peters, Friederike:** Was machten die Mädchen? Johanna von Orléans (bearbeitet) (S. 66). Originaltitel: Mädchensache!; Im Namen des Königs – Johanna von Orléans; Arme Ritter (S. 67). Aus: Tor auf! Im Innern von Burgen und Schlössern. Ueberreuter Verlag, Berlin 2015.

**Preuss, Gunter:** Der Sprung (bearbeitet) (S. 59). Aus: Mut tut gut. Geschichten, Lieder und Gedichte vom Muthaben und Mutmachen. Hrsg.: Rosemarie Portmann. Arena Verlag, Würzburg 1994.

**Rettl, Christine:** Moritz nervt (S. 13). Originalbeitrag; Der Maulwurf (Ausschnitt) (S. 20). Aus: Tiere auf der Wiese. öbv & hpt, Wien 2002; Gespensterbeschwörungsformel; Gespenstervertreibungsformel (S. 26); Mein Weihnachtsfest mit einer großen Familie (S. 45); So fühle ich mich wohl (S. 56); Warum Marie nicht gerne baden geht (S. 62). Originalbeiträge.

**Roberts, Ceri/Kai, Hanane:** Wer sind Zuwanderer und Geflüchtete? (bearbeitet); Kinder unterwegs (S. 36). Aus: Wie ist es, wenn man kein Zuhause hat? Alles über Flucht und Migration. Gabriel im Thienemann-Esslinger Verlag, Stuttgart 2018.

**Rodari, Gianni:** Die Comic-Maus (bearbeitet) (S. 92). Aus: Das fabelhafte Telefon. Wahre Lügengeschichten. Verlag Klaus Wagenbach, Berlin 1997.

**Roher, Catrin:** Der Prinzessinnenkodex (gekürzt) (S. 50). Aus: Wer fürchtet sich vorm lila Lachs? Luftschacht Verlag, Wien 2013.

**Schmalenbach, Heinz:** Auf dem Patentamt (S. 76). Aus: Spielbare Witze für Kinder. Falken-Verlag, Niedernhausen 1986.

**Scholl, Claudia:** Wundersame Muschel (gekürzt) (S. 110). Aus: Das Urlaubsbuch für Kinder und Eltern. Ideen zum Basteln, Spielen und Spaß haben. Haupt Verlag, Bern 2014.

**Schubiger, Jürg:** Erfindungen (bearbeitet) (S. 72). Aus: Als die Welt noch jung war. Beltz Verlag, Niedernhausen 1986.

**Schweiggert, Alfons:** Die Geschichte vom beschenkten Nikolaus (S. 42). Aus: Apfel, Nuss und Schneeballschlacht. Das große Winter-Weihnachtsbuch. Geschichten, Lieder und Gedichte. Deutscher Taschenbuch Verlag, München 2006.

**Sklenitzka, Franz Sales:** Ein kleiner Einblick in die Drachologie (bearbeitete Ausschnitte) (S. 70). Aus: Das goldene Drachenlexikon. G&G Verlag, Wien 2019.

**Steinkellner, Elisabeth:** (K)ein Märchen (S. 55). Aus: Wer fürchtet sich vorm lila Lachs? Luftschacht Verlag, Wien 2013.

**Stöckle, Frieder:** Das Nachrichtenband (S. 38). Aus: Wie man Berge versetzt. Hrsg.: Hans-Joachim Gelberg. Beltz Verlag, Weinheim und Basel 1981.

**Talke, Helga:** Die gefährliche Villa (gekürzt) (S. 97). Aus: Gefährlich! Ratekrimis für starke Nerven. gondolino, Bindlach 2010.

**Visser, Rian/Smit, Noëlle:** Theodor trödelt (S. 83). Tulipan Verlag, Berlin 2009.

**Vogdt, Michi:** Geister kommt herbei! (S. 29) Aus: Hallo Halloween. Schaurige Kostüme, unheimliche Spiele, gespenstische Raumdekos, coole Lieder und Tänze für Gruselpartys und Nachtumzüge. Hrsg.: Sybille Günther. Ökotopia Verlag, Münster o. J.

**Wagner, Anke/Herold, Heike:** Mamas neuer Freund (S. 32). Patmos Verlag GmbH & Co KG Sauerländer Verlag, Düsseldorf 2008.

**Wagner, Friederike:** Die kleine Hexe Nudelzopf (S. 30). Obelisk Verlag, Innsbruck – Wien 2018.

**Weinhold, Angela:** Kinder dieser Welt (bearbeitet) (S. 34); Was spielen Kinder anderswo (S. 35). Aus: Kinder dieser Welt. Ravensburger Verlag, Ravensburg 2012.

**Widmark, Martin:** Irren ist menschlich (bearbeitet) (S. 101). Aus: Das Safrangeheimnis. Detektivbüro LasseMaja. Ueberreuter Verlag, Berlin – Wien 2013.

**Wittkamp, Frantz:** Warum sich Raben streiten (S. 22). Aus: Ab morgen bin ich ein Löwe. Die schönsten Tiergeschichten. Hrsg.: Mario Giordano. Aufbau Verlag, Berlin 2011.

**Textbeiträge ohne Angabe des Verfassers/der Verfasserin:**

Witze (S. 8). Aus: http://www.2cool4school.de/Witze/witze3-6.htm (4.5.2020).

Mondkraterkuchen (bearbeitet) (S. 10). Aus: Groß und mutig, das bin ich! Geschichten, die Kinder selbstbewusst machen. Loewe, Bindlach 2009.

Tierische Scherzfragen (S. 16). Aus: Tierisch lustig! 555 elefantenstarke Witze. Hrsg.: Petra Buck. Ravensburger Buchverlag, Ravensburg 2011.

Rekorde: Die schnellsten Landtiere (bearbeitet) (S. 19). Aus: https://www.tierchenwelt.de/funfacts/tierische-rekorde/716-rekord-schnellsten-landtiere.html (6.7.2020).

Maulwurfskinder (bearbeiteter Ausschnitt); Unglaublich! (S. 21) Aus: Löwenzahn – fragen, forschen, wissen! Maulwurf-Alarm. Genehmigte Sonderausgabe. Nelson Verlag, Hamburg 2011. © ZDF/ZDF Enterprises GmbH 2011.

Schneeflocken aus weißem Papier (bearbeitet) (S. 44). Originaltitel: Schneegestöber. Aus: Weihnachtssterne? Gerne! Edition Michael Fischer, Igling 2017.

Der Rattenfänger von Korneuburg (S. 51). Volksgut. Aus: Spatzenpost, Februar 1993.

Dû bist mîn, ich bin dîn (S. 64). Aus: Das Literatur-Lesebuch. Deutsche Literatur aus 10 Jahrhunderten. Ausgesucht von Manfred Mai. Ravensburger Buchverlag, Ravensburg 2005.

Volksgut (S. 87). Aus: Ach, du liebe Zeit! Ein Bummel durch Tages- und Jahreszeit, Schul- und Ferienzeit, Kinder- und Lebenszeit in Bildern, Gedichten und Geschichten. Hrsg.: Heinz Brand. Lappan Verlag, Oldenburg 2007.

**Bildquellen:**

S. 12: Daniel Laflor / Getty Images; S. 18: Ian Grainger / iStockphoto.com; Jost Jahn / Fotolia; Arnd Drifte / Fotolia; ExQuisine / Fotolia; S. 19: photobar / Fotolia; S. 23: Jens Klingebiel / Fotolia; Africa Studio / Fotolia; S. 25: Oliver Stolz, öbv; S. 30: Wagner, Friederike: Die kleine Hexe Nudelzopf. Obelisk Verlag, Innsbruck – Wien 2018; S. 31: Wagner, Friederike: Die kleine Hexe Nudelzopf. Obelisk Verlag, Innsbruck – Wien 2018; S. 32/33: Wagner, Anke/Herold, Heike: Mamas neuer Freund. 2008 Patmos Verlag GmbH & Co KG Sauerländer Verlag, Düsseldorf 2008; S. 34: Linda Yolanda / Getty Images - iStockphoto; Bartosz Hadyniak / Getty Images - iStockphoto; Anantha Vardhan / iStockphoto.com; Xavier Arnau / Getty Images; S. 36: Ogun Sever OKUR / Getty Images - iStockphoto; S. 41: Elena_Danileiko / Getty Images - iStockphoto; S. 44: Oliver Stolz, öbv (10); S. 50: Roher, Catrin/Roher, Michael: Prinzessinnenkodex. Aus: Wer fürchtet sich vorm lila Lachs? Luftschacht Verlag, Wien 2013; S. 55: Steinkellner, Elisabeth/Roher, Michael: (K)ein Märchen. Wer fürchtet sich vorm lila Lachs? Luftschacht Verlag, Wien 2013; S. 66: faestock / Shutterstock; Bildarchiv Hansmann / Interfoto / picturedesk.com; S. 67: Oliver Stolz, öbv (7); S. 70: Kesu / Getty Images - iStockphoto; S. 73: akg-images / picturedesk.com; katiah / Fotolia; TV-yesterday / Interfoto / picturedesk.com; Carmen Steiner / Fotolia; S. 74: Science Photo Library / picturedesk.com; S. 78: akg-images / picturedesk.com (2); S. 79: Sammlung Rauch / Interfoto / picturedesk.com; akg-images / picturedesk.com; Scherl / SZ-Photo / picturedesk.com; S. 88: Nicolas Herrbach / Getty Images - iStockphoto; S. 99: PRILL Mediendesign / Fotolia; S. 101: Widmark, Martin/ Willis, Helena: Irren ist menschlich. Aus: Das Safrangeheimnis. Detektivbüro LasseMaja. Ueberreuter Verlag, Berlin – Wien 2013; S. 109: Chidolue, Dagmar/Spee, Gitte: Über den Wolken. Aus: Millie auf Kreta. Cecilie Dressler Verlag, Hamburg 2002; S. 110: Lydia Steinbacher, öbv (7)